Contos
Machado de Assis

Clássicos da Literatura

CONTOS
Machado de Assis

Ciranda Cultural

CIP-BRASIL. CATALOGAÇÃO NA PUBLICAÇÃO
SINDICATO NACIONAL DOS EDITORES DE LIVROS, RJ

A866c
2. ed.

Assis, Machado de, 1839-1908
    Contos / Machado de Assis. - 2. ed. - Barueri, SP : Ciranda Cultural, 2017.
    96 p.   (Clássicos da literatura)
    ISBN 978-85-380-7753-4

    1. Romance brasileiro. I. Título. II. Série.

17-43984   CDD: 869.93
                                CDU: 821.134.3(81)-3

Questões de vestibular comentadas pelo Mestre em Literatura Felipe Augusto Caetano.
Mestre, bacharel e licenciado em Letras pela FFLCH/USP; Universidade
de Franca, foi docente de Língua Portuguesa, Linguística e Literatura
em colégios, cursos de línguas e preparatórios para vestibular.

© 2017 Ciranda Cultural Editora e Distribuidora Ltda.
Diagramação e Revisão: Casa de Ideias
Produção: Ciranda Cultural

2ª Edição em 2018
www.cirandacultural.com.br

Todos os direitos reservados. Nenhuma parte desta publicação pode ser reproduzida, arquivada em sistema de busca ou transmitida por qualquer meio, seja ele eletrônico, fotocópia, gravação ou outros, sem prévia autorização do detentor dos direitos, e não pode circular encadernada ou encapada de maneira distinta àquela em que foi publicada, ou sem que as mesmas condições sejam impostas aos compradores subsequentes.

SUMÁRIO

A igreja do Diabo 7
    Capítulo I: De uma ideia mirífica 7
    Capítulo II: Entre Deus e o Diabo 7
    Capítulo III: A boa-nova aos homens 10
    Capítulo IV: Franjas e franjas 12
A carteira 15
O empréstimo 19
A desejada das gentes 27
Uns braços 35
Suje-se gordo! 43
Ideias do canário 47
Pai contra mãe 53
Missa do Galo 63
Conto de escola 71

Complemento de leitura
    Sobre o autor 81
    Texto e contexto 82
    Tome nota 83
    Questões comentadas 84

A IGREJA DO DIABO

CAPÍTULO I
DE UMA IDEIA MIRÍFICA

Conta um velho manuscrito beneditino que o Diabo, em certo dia, teve a ideia de fundar uma igreja. Embora os seus lucros fossem contínuos e grandes, sentia-se humilhado com o papel avulso que exercia desde séculos, sem organização, sem regras, sem cânones, sem ritual, sem nada. Vivia, por assim dizer, dos remanescentes divinos, dos descuidos e obséquios humanos. Nada fixo, nada regular. Por que não teria ele a sua igreja? Uma igreja do Diabo era o meio eficaz de combater as outras religiões, e destruí-las de uma vez.

– Vá, pois, uma igreja – concluiu ele. – Escritura contra Escritura, breviário contra breviário. Terei a minha missa, com vinho e pão à farta, as minhas prédicas, bulas, orações, novenas e todo o demais aparelho eclesiástico. O meu credo será o núcleo universal dos espíritos, a minha igreja uma tenda de Abraão. E depois, enquanto as outras religiões se combatem e se dividem, a minha igreja será única; não acharei diante de mim, nem Maomé, nem Lutero. Há muitos modos de afirmar; há só um de negar tudo.

Dizendo isto, o Diabo sacudiu a cabeça e estendeu os braços, com um gesto magnífico e varonil. Em seguida, lembrou-se de ir ter com Deus para comunicar-lhe a ideia, e desafiá-lo; levantou os olhos, acesos de ódio, ásperos de vingança, e disse consigo:

– Vamos, é tempo – e rápido, batendo as asas, com tal estrondo que abalou todas as províncias do abismo, arrancou da sombra para o infinito azul.

CAPÍTULO II
ENTRE DEUS E O DIABO

Deus recolhia um ancião, quando o Diabo chegou ao céu. Os serafins que engrinaldavam o recém-chegado, detiveram-se logo, e o Diabo deixou-se estar à entrada com os olhos no Senhor.

— Que me queres tu? — perguntou este.

— Não venho pelo vosso servo Fausto — respondeu o Diabo rindo —, mas por todos os Faustos do século e dos séculos.

— Explica-te. — Senhor, a explicação é fácil; mas permiti que vos diga: recolhei primeiro esse bom velho; dai-lhe o melhor lugar, mandai que as mais afinadas cítaras e alaúdes o recebam com os mais divinos coros...

— Sabes o que ele fez? — perguntou o Senhor, com os olhos cheios de doçura.

— Não, mas provavelmente é dos últimos que virão ter convosco. Não tarda muito que o céu fique semelhante a uma casa vazia, por causa do preço, que é alto. Vou edificar uma hospedaria barata; em duas palavras, vou fundar uma igreja. Estou cansado da minha desorganização, do meu reinado casual e adventício. É tempo de obter a vitória final e completa. E então vim dizer-vos isto, com lealdade, para que me não acuseis de dissimulação... Boa ideia, não vos parece?

— Vieste me dizê-la, não legitimá-la — advertiu o Senhor.

— Tendes razão — acudiu o Diabo —; mas o amor-próprio gosta de ouvir o aplauso dos mestres. Verdade é que neste caso seria o aplauso de um mestre vencido, e uma tal exigência... Senhor, desço à terra; vou lançar a minha pedra fundamental.

— Vai.

— Quereis que venha anunciar-vos o remate da obra?

— Não é preciso; basta que me digas desde já por que motivo, cansado há tanto da tua desorganização, só agora pensaste em fundar uma igreja.

O Diabo sorriu com certo ar de escárnio e triunfo. Tinha alguma ideia cruel no espírito, algum reparo picante no alforje de memória, qualquer coisa que, nesse breve instante da eternidade, o fazia crer superior ao próprio Deus. Mas recolheu o riso, e disse:

— Só agora concluí uma observação, começada desde alguns séculos, e é que as virtudes, filhas do céu, são em grande número comparáveis a rainhas, cujo manto de veludo rematasse em franjas de algodão. Ora, eu proponho-me a puxá-las por essa franja, e trazê-las todas para minha igreja; atrás delas virão as de seda pura...

— Velho retórico! — murmurou o Senhor.

— Olhai bem. Muitos corpos que ajoelham aos vossos pés, nos templos do mundo, trazem as anquinhas da sala e da rua, os rostos tingem-se do mesmo pó, os lenços cheiram aos mesmos cheiros, as pupilas centelham de curiosidade e devoção entre o livro santo e o bigode do pecado. Vede o ardor – a indiferença, ao menos – com que esse cavalheiro põe em letras públicas os benefícios que liberalmente espalha – ou sejam roupas ou botas, ou moedas, ou quaisquer dessas matérias necessárias à vida... Mas não quero parecer que me detenho em coisas miúdas; não falo, por exemplo, da placidez com que este juiz de irmandade, nas procissões, carrega piedosamente ao peito o vosso amor e uma comenda... Vou a negócios mais altos...

Nisto os serafins agitaram as asas pesadas de fastio e sono. Miguel e Gabriel fitaram no Senhor um olhar de súplica. Deus interrompeu o Diabo.

— Tu és vulgar, que é o pior que pode acontecer a um espírito da tua espécie – replicou-lhe o Senhor. – Tudo o que dizes ou digas está dito e redito pelos moralistas do mundo. É assunto gasto; e se não tens força, nem originalidade para renovar um assunto gasto, melhor é que te cales e te retires. Olha; todas as minhas legiões mostram no rosto os sinais vivos do tédio que lhes dás. Esse mesmo ancião parece enjoado; e sabes tu o que ele fez?

— Já vos disse que não.

— Depois de uma vida honesta, teve uma morte sublime. Colhido em um naufrágio, ia salvar-se numa tábua; mas viu um casal de noivos, na flor da vida, que se debatiam já com a morte; deu-lhes a tábua de salvação e mergulhou na eternidade. Nenhum público: a água e o céu por cima. Onde achas aí a franja de algodão?

— Senhor, eu sou, como sabeis, o espírito que nega.

— Negas esta morte?

— Nego tudo. A misantropia pode tomar aspecto de caridade; deixar a vida aos outros, para um misantropo, é realmente aborrecê-los...

— Retórico e sutil! – exclamou o Senhor. – Vai, vai, funda a tua igreja; chama todas as virtudes, recolhe todas as franjas, convoca todos os homens... Mas, vai! Vai!

Debalde o Diabo tentou proferir alguma coisa mais. Deus impusera-lhe silêncio; os serafins, a um sinal divino, encheram o céu com as harmonias de seus cânticos. O Diabo sentiu, de repente, que se achava no ar; dobrou as asas, e, como um raio, caiu na terra.

CAPÍTULO III
A BOA-NOVA AOS HOMENS

Uma vez na terra, o Diabo não perdeu um minuto. Deu-se pressa em enfiar a cogula beneditina, como hábito de boa fama, e entrou a espalhar uma doutrina nova e extraordinária, com uma voz que reboava nas entranhas do século. Ele prometia aos seus discípulos e fiéis as delícias da terra, todas as glórias, os deleites mais íntimos. Confessava que era o Diabo; mas confessava-o para retificar a noção que os homens tinham dele e desmentir as histórias que a seu respeito contavam as velhas beatas.

– Sim, sou o Diabo – repetia ele –; não o Diabo das noites sulfúreas, dos contos soníferos, terror das crianças, mas o Diabo verdadeiro e único, o próprio gênio da natureza, a que se deu aquele nome para arredá-lo do coração dos homens. Vede-me gentil e airoso. Sou o vosso verdadeiro pai. Vamos lá: tomai daquele nome, inventado para meu desdouro, fazei dele um troféu e um lábaro, e eu vos darei tudo, tudo, tudo, tudo, tudo, tudo...

Era assim que falava, a princípio, para excitar o entusiasmo, espertar os indiferentes, congregar, em suma, as multidões ao pé de si. E elas vieram; e logo que vieram, o Diabo passou a definir a doutrina. A doutrina era a que podia ser na boca de um espírito de negação. Isso quanto à substância, porque, acerca da forma, era umas vezes sutil, outras cínica e deslavada.

Clamava ele que as virtudes aceitas deviam ser substituídas por outras, que eram as naturais e legítimas. A soberba, a luxúria, a preguiça foram reabilitadas, e assim também a avareza, que declarou não ser mais do que a mãe da economia, com a diferença que a mãe era robusta, e a filha uma esgalgada. A ira tinha a melhor defesa na existência de Homero; sem o furor de Aquiles, não haveria a *Ilíada*: "Musa, canta a cólera de Aquiles, filho de Peleu..." O mesmo disse da gula, que produziu as melhores páginas de Rabelais, e muitos bons versos do *Hissope*; virtude tão superior, que ninguém se lembra das batalhas de Luculo, mas das suas ceias; foi a gula que realmente o fez imortal. Mas, ainda pondo de lado essas razões de ordem literária ou histórica, para só mostrar o valor intrínseco daquela virtude, quem negaria que era muito melhor sentir na boca e no ventre os bons manjares, em grande cópia, do que os maus bocados, ou a saliva do jejum? Pela sua parte o Diabo prometia substituir a vinha do Senhor, expressão metafórica, pela vinha do Diabo, locução direta e verdadeira, pois não faltaria nunca aos seus com o fruto das mais belas cepas do mundo. Quanto à inveja, pregou friamente que era a virtude principal, origem de prosperidades infinitas; virtude preciosa, que chegava a suprir todas as outras, e ao próprio talento.

As turbas corriam atrás dele entusiasmadas. O Diabo incutia-lhes, a grandes golpes de eloquência, toda a nova ordem de coisas, trocando a noção delas, fazendo amar as perversas e detestar as sãs.

Nada mais curioso, por exemplo, do que a definição que ele dava da fraude. Chamava-lhe o braço esquerdo do homem; o braço direito era a força; e concluía: muitos homens são canhotos, eis tudo. Ora, ele não exigia que todos fossem canhotos; não era exclusivista. Que uns fossem canhotos, outros destros; aceitava a todos, menos os que não fossem nada. A demonstração, porém, mais rigorosa e profunda, foi a da venalidade. Um casuísta do tempo chegou a confessar que era um monumento de lógica. A venalidade, disse o Diabo, era o exercício de um direito superior a todos os direitos. Se tu podes vender a tua casa, o teu boi, o teu sapato, o teu chapéu, coisas que são tuas por uma razão jurídica e legal, mas que, em todo caso, estão fora de ti, como é que não podes vender a tua opinião, o teu voto, a tua palavra, a tua fé, coisas que são mais do que tuas, porque são a tua própria consciência, isto é, tu mesmo? Negá-lo é cair no absurdo e no contraditório. Pois não há mulheres que vendem os cabelos? Não pode um homem vender uma parte do seu sangue para transfundi-lo a outro homem anêmico? E o sangue e os cabelos, partes físicas, terão um privilégio que se nega ao caráter, à porção moral do homem? Demonstrando assim o princípio, o Diabo não se demorou em expor as vantagens de ordem temporal ou pecuniária; depois, mostrou ainda que, à vista do preconceito social, conviria dissimular o exercício de um direito tão legítimo, o que era exercer ao mesmo tempo a venalidade e a hipocrisia, isto é, merecer duplicadamente.

E descia, e subia, examinava tudo, retificava tudo. Está claro que combateu o perdão das injúrias e outras máximas de brandura e cordialidade. Não proibiu formalmente a calúnia gratuita, mas induziu a exercê-la mediante retribuição, ou pecuniária, ou de outra espécie; nos casos, porém, em que ela fosse uma expansão imperiosa da força imaginativa, e nada mais, proibia receber nenhum salário, pois equivalia a fazer pagar a transpiração. Todas as formas de respeito foram condenadas por ele, como elementos possíveis de um certo decoro social e pessoal; salva, todavia, a única exceção do interesse. Mas essa mesma exceção foi logo eliminada, pela consideração de que o interesse, convertendo o respeito em simples adulação, era este o sentimento aplicado e não aquele.

Para rematar a obra, entendeu o Diabo que lhe cumpria cortar por toda a solidariedade humana. Com efeito, o amor do próximo era um obstáculo grave à nova instituição. Ele mostrou que essa regra era uma simples invenção de parasitas e negociantes insolváveis; não se devia dar ao próximo senão indiferença; em alguns casos, ódio ou desprezo. Chegou mesmo à demonstração de que a noção de próximo era errada, e citava esta frase de um padre de Nápoles, aquele fino e letrado Galiani, que escrevia a uma das marquesas do antigo regime: "Leve a breca o próximo! Não há próximo!" A única hipótese em que ele permitia amar ao próximo era quando se tratasse de amar as damas alheias, porque essa espécie de amor tinha a particularidade de não ser outra coisa mais do que o amor do indivíduo a si mesmo. E como alguns discípulos achassem que uma tal explicação, por metafísica, escapava à compreensão das turbas, o Diabo recorreu a um apólogo: – Cem pessoas tomam ações de um banco, para as operações comuns; mas cada acionista não cuida realmente senão nos seus dividendos: é o que acontece aos adúlteros. Este apólogo foi incluído no livro da sabedoria.

CAPÍTULO IV
FRANJAS E FRANJAS

A previsão do Diabo verificou-se. Todas as virtudes cuja capa de veludo acabava em franja de algodão, uma vez puxadas pela franja, deitavam a capa às urtigas e vinham alistar-se na igreja nova. Atrás foram chegando as outras, e o tempo abençoou a instituição. A igreja fundara-se; a doutrina propagava-se; não havia uma região do globo que não a conhecesse, uma língua que não a traduzisse, uma raça que não a amasse. O Diabo alçou brados de triunfo.

Um dia, porém, longos anos depois notou o Diabo que muitos dos seus fiéis, às escondidas, praticavam as antigas virtudes. Não as praticavam todas, nem integralmente, mas algumas, por partes, e, como digo, às ocultas. Certos glutões recolhiam-se a comer frugalmente três ou quatro vezes por ano, justamente em dias de preceito católico; muitos avaros davam esmolas, à noite, ou nas ruas mal povoadas; vários dilapidadores do erário restituíam-lhe pequenas quantias; os fraudulentos falavam, uma ou outra vez, com o coração nas mãos, mas com o mesmo rosto dissimulado, para fazer crer que estavam embaçando os outros.

A descoberta assombrou o Diabo. Meteu-se a conhecer mais diretamente o mal, e viu que lavrava muito. Alguns casos eram até incompreensíveis, como o de um droguista do Levante, que envenenara longamente uma geração inteira, e, com o produto das drogas, socorria os filhos das vítimas. No Cairo achou um perfeito ladrão de camelos, que tapava a cara para ir às mesquitas. O Diabo deu com ele à entrada de uma, lançou-lhe em rosto o procedimento; ele negou, dizendo que ia ali roubar o camelo de um drogomano; roubou-o, com efeito, à vista do Diabo e foi dá-lo de presente a um muezim, que rezou por ele a Alá. O manuscrito beneditino cita muitas outras descobertas extraordinárias, entre elas esta, que desorientou completamente o Diabo. Um dos seus melhores apóstolos era um calabrês, varão de 50 anos, insigne falsificador de documentos, que possuía uma bela casa na campanha romana, telas, estátuas, biblioteca, etc. Era a fraude em pessoa; chegava a meter-se na cama para não confessar que estava são. Pois esse homem, não só não furtava ao jogo, como ainda dava gratificações aos criados. Tendo angariado a amizade de um cônego, ia todas as semanas confessar-se com ele, numa capela solitária; e, conquanto não lhe desvendasse nenhuma das suas ações secretas, benzia-se duas vezes, ao ajoelhar-se, e ao levantar-se. O Diabo mal pôde crer tamanha aleivosia. Mas não havia que duvidar; o caso era verdadeiro.

Não se deteve um instante. O pasmo não lhe deu tempo de refletir, comparar e concluir do espetáculo presente alguma coisa análoga ao passado. Voou de novo ao céu, trêmulo de raiva, ansioso de conhecer a causa secreta de tão singular fenômeno. Deus ouviu-o com infinita complacência; não o interrompeu, não o repreendeu, não triunfou, sequer, daquela agonia satânica. Pôs os olhos nele, e disse-lhe:

– Que queres tu, meu pobre Diabo? As capas de algodão têm agora franjas de seda, como as de veludo tiveram franjas de algodão. Que queres tu? É a eterna contradição humana.

A CARTEIRA

...De repente, Honório olhou para o chão e viu uma carteira. Abaixar-se, apanhá-la e guardá-la foi obra de alguns instantes. Ninguém o viu, salvo um homem que estava à porta de uma loja, e que, sem o conhecer, lhe disse rindo:

– Olhe, se não dá por ela, perdia-a de uma vez.

– É verdade – concordou Honório envergonhado.

Para avaliar a oportunidade desta carteira, é preciso saber que Honório tem de pagar amanhã uma dívida, 400 e tantos mil-réis, e a carteira trazia o bojo recheado. A dívida não parece grande para um homem da posição de Honório, que advoga; mas todas as quantias são grandes ou pequenas, segundo as circunstâncias, e as dele não podiam ser piores. Gastos de família excessivos, a princípio por servir a parentes, e depois por agradar à mulher, que vivia aborrecida da solidão; baile daqui, jantar dali, chapéus, leques, tanta coisa mais, que não havia remédio senão ir descontando o futuro. Endividou--se. Começou pelas contas de lojas e armazéns; passou aos empréstimos, 200 a um, 300 a outro, 500 a outro, e tudo a crescer, e os bailes a darem-se, e os jantares a comerem-se, um turbilhão perpétuo, uma voragem.

– Tu agora vais bem, não? – dizia-lhe ultimamente o Gustavo C., advogado e familiar da casa.

– Agora vou – mentiu o Honório.

A verdade é que ia mal. Poucas causas, de pequena monta, e constituintes remissos; por desgraça perdera ultimamente um processo, com que fundara grandes esperanças. Não só recebeu pouco, mas até parece que ele lhe tirou alguma coisa à reputação jurídica; em todo caso, andavam mofinas nos jornais.

Dona Amélia não sabia nada; ele não contava nada à mulher, bons ou maus negócios. Não contava nada a ninguém. Fingia-se tão alegre como se nadasse em um mar de prosperidades. Quando o Gustavo, que ia todas as noites à casa dele, dizia uma ou duas pilhérias, ele respondia com três e quatro; e depois ia ouvir os trechos de música alemã, que dona Amélia tocava muito bem ao piano, e que o Gustavo escutava com indizível prazer, ou jogavam cartas, ou simplesmente falavam de política.

Um dia, a mulher foi achá-lo dando muitos beijos à filha, criança de 4 anos, e viu-lhe os olhos molhados; ficou espantada, e perguntou-lhe o que era.

– Nada, nada.

Compreende-se que era o medo do futuro e o horror da miséria. Mas as esperanças voltavam com facilidade. A ideia de que os dias melhores tinham de vir dava-lhe conforto para a luta. Estava com 34 anos; era o princípio da carreira: todos os princípios são difíceis. E toca a trabalhar, a esperar, a gastar, pedir fiado ou emprestado, para pagar mal, e a más horas.

A dívida urgente de hoje são uns malditos 400 e tantos mil-réis de carros. Nunca demorou tanto a conta, nem ela cresceu tanto, como agora; e, a rigor, o credor não lhe punha a faca aos peitos; mas disse-lhe hoje uma palavra azeda, com um gesto mau, e Honório quer pagar-lhe hoje mesmo. Eram cinco horas da tarde. Tinha-se lembrado de ir a um agiota, mas voltou sem ousar pedir nada. Ao enfiar pela Rua da Assembleia é que viu a carteira no chão, apanhou-a, meteu no bolso, e foi andando.

Durante os primeiros minutos, Honório não pensou nada; foi andando, andando, andando, até o Largo da Carioca. No Largo parou alguns instantes, – enfiou depois pela Rua da Carioca, mas voltou logo, e entrou na Rua Uruguaiana. Sem saber como, achou-se daí a pouco no Largo de S. Francisco de Paula; e ainda, sem saber como, entrou em um Café. Pediu alguma coisa e encostou-se à parede, olhando para fora. Tinha medo de abrir a carteira; podia não achar nada, apenas papéis e sem valor para ele. Ao mesmo tempo, e esta era a causa principal das reflexões, a consciência perguntava-lhe se podia utilizar-se do dinheiro que achasse. Não lhe perguntava com o ar de quem não sabe, mas antes com uma expressão irônica e de censura. Podia lançar mão do dinheiro, e ir pagar com ele a dívida? Eis o ponto. A consciência acabou por lhe dizer que não podia, que devia levar a carteira à polícia, ou anunciá-la; mas tão depressa acabava de lhe dizer isto, vinham os apuros da ocasião, e puxavam por ele, e convidavam-no a ir pagar a cocheira. Chegavam mesmo a dizer-lhe que, se fosse ele que a tivesse perdido, ninguém iria entregar-lha; insinuação que lhe deu ânimo.

Tudo isso antes de abrir a carteira. Tirou-a do bolso, finalmente, mas com medo, quase às escondidas; abriu-a, e ficou trêmulo. Tinha dinheiro, muito dinheiro; não contou, mas viu duas notas de 200 mil-réis, algumas de 50 e 20; calculou uns 700 mil-réis ou mais; quando menos, 600. Era a dívida paga; eram menos algumas despesas urgentes. Honório teve tentações de fechar os olhos, correr à cocheira, pagar, e, depois de paga a dívida, adeus; reconciliar-se-ia consigo. Fechou a carteira, e com medo de perdê-la, tornou a guardá-la.

Mas daí a pouco tirou-a outra vez, e abriu-a, com vontade de contar o dinheiro. Contar para quê? Era dele? Afinal venceu-se e contou: eram 730 mil-réis. Honório teve um calafrio. Ninguém viu, ninguém soube; podia ser um lance da fortuna, a sua boa sorte, um anjo... Honório teve pena de não crer nos anjos... Mas por que não havia de crer neles? E voltava ao dinheiro, olhava, passava-o pelas mãos; depois, resolvia o contrário, não usar do achado, restituí-lo. Restituí-lo a quem? Tratou de ver se havia na carteira algum sinal.

"Se houver um nome, uma indicação qualquer, não posso utilizar-me do dinheiro" – pensou ele.

Esquadrinhou os bolsos da carteira. Achou cartas, que não abriu, bilhetinhos dobrados, que não leu, e por fim um cartão de visita; leu o nome; era do Gustavo. Mas então, a carteira?... Examinou-a por fora, e pareceu-lhe efetivamente do amigo. Voltou ao interior; achou mais dois cartões, mais três, mais cinco. Não havia duvidar; era dele.

A descoberta entristeceu-o. Não podia ficar com o dinheiro, sem praticar um ato ilícito, e, naquele caso, doloroso ao seu coração porque era em dano de um amigo. Todo o castelo levantado esborou-se como se fosse de cartas. Bebeu a última gota de café, sem reparar que estava frio. Saiu, e só então reparou que era quase noite. Caminhou para casa. Parece que a necessidade ainda lhe deu uns dois empurrões, mas ele resistiu.

"Paciência" – disse ele consigo. "Verei amanhã o que posso fazer."

Chegando à casa, já ali achou o Gustavo, um pouco preocupado e a própria dona Amélia o parecia também. Entrou rindo, e perguntou ao amigo se lhe faltava alguma coisa.

– Nada.

– Nada?

– Por quê?

– Mete a mão no bolso; não te falta nada?

– Falta-me a carteira – disse o Gustavo sem meter a mão no bolso. – Sabes se alguém a achou?

– Achei-a eu – disse Honório entregando-lha.

Gustavo pegou dela precipitadamente, e olhou desconfiado para o amigo. Esse olhar foi para Honório como um golpe de estilete; depois de tanta luta com a necessidade, era um triste prêmio. Sorriu amargamente e, como o outro lhe perguntasse onde a achara, deu-lhe as explicações precisas.

– Mas conheceste-a?

– Não, achei os teus bilhetes de visita.

Honório deu duas voltas, e foi mudar de *toilette* para o jantar. Então Gustavo sacou novamente a carteira, abriu-a, foi a um dos bolsos, tirou um dos bilhetinhos, que o outro não quis abrir nem ler, e estendeu-o a dona Amélia, que, ansiosa e trêmula, rasgou-o em trinta mil pedaços: era um bilhetinho de amor.

O EMPRÉSTIMO

Vou divulgar uma anedota, mas uma anedota no genuíno sentido do vocábulo, que o vulgo ampliou às historietas de pura invenção. Esta é verdadeira; podia citar algumas pessoas que a sabem tão bem como eu. Nem ela andou recôndita, senão por falta de um espírito repousado, que lhe achasse a filosofia. Como deveis saber, há em todas as coisas um sentido filosófico. Carlyle descobriu o dos coletes, ou, mais propriamente, o do vestuário; e ninguém ignora que os números, muito antes da loteria do Ipiranga, formavam o sistema de Pitágoras. Pela minha parte creio ter decifrado este caso de empréstimo; ides ver se me engano.

E, para começar, emendemos Sêneca. Cada dia, ao parecer daquele moralista, é, em si mesmo, uma vida singular; por outros termos, uma vida dentro da vida. Não digo que não; mas por que não acrescentou ele que muitas vezes uma só hora é a representação de uma vida inteira? Vede este rapaz: entra no mundo com uma grande ambição, uma pasta de ministro, um banco, uma coroa de visconde, um báculo pastoral. Aos cinquenta anos, vamos achá-lo simples apontador de alfândega, ou sacristão da roça. Tudo isso que se passou em trinta anos, pode algum Balzac metê-lo em trezentas páginas; por que não há de a vida, que foi a mestra de Balzac, apertá-lo em trinta ou sessenta minutos?

Tinham batido quatro horas no cartório do tabelião Vaz Nunes, à Rua do Rosário. Os escreventes deram ainda as últimas penadas: depois limparam as penas de ganso na ponta de seda preta que pendia da gaveta ao lado; fecharam as gavetas, concertaram os papéis, arrumaram os livros, lavaram as mãos; alguns que mudavam de paletó à entrada, despiram o do trabalho e enfiaram o da rua; todos saíram. Vaz Nunes ficou só.

Este honesto tabelião era um dos homens mais perspicazes do século. Está morto: podemos elogiá-lo à vontade. Tinha um olhar de lanceta, cortante e agudo. Ele adivinhava o caráter das pessoas que o buscavam para escriturar os seus acordos e resoluções; conhecia a alma de um testador muito antes de acabar o testamento; farejava as manhas secretas e os pensamentos reservados. Usava óculos, como todos os tabeliães de teatro; mas, não sendo míope, olhava por cima deles, quando queria ver, e através deles, se pretendia não ser visto. Finório como ele só, diziam os escreventes. Em todo o caso, circunspecto.

Tinha cinquenta anos, era viúvo, sem filhos, e, para falar como alguns outros serventuários, roía muito caladinho os seus duzentos contos de réis.

— Quem é? — perguntou ele de repente olhando para a porta da rua.

Estava à porta, parado na soleira, um homem que ele não conheceu logo, e mal pôde reconhecer daí a pouco. Vaz Nunes pediu-lhe o favor de entrar; ele obedeceu, cumprimentou-o, estendeu-lhe a mão, e sentou-se na cadeira ao pé da mesa. Não trazia o acanho natural a um pedinte; ao contrário, parecia que não vinha ali senão para dar ao tabelião alguma coisa preciosíssima e rara. E, não obstante, Vaz Nunes estremeceu e esperou.

— Não se lembra de mim?

— Não me lembro...

— Estivemos juntos uma noite, há alguns meses, na Tijuca... Não se lembra? Em casa do Teodorico, aquela grande ceia de Natal; por sinal que lhe fiz uma saúde... Veja se se lembra do Custódio.

— Ah!

Custódio endireitou o busto, que até então inclinara um pouco. Era um homem de quarenta anos. Vestia pobremente, mas escovado, apertado, correto. Usava unhas longas, curadas com esmero, e tinha as mãos muito bem-talhadas, macias, ao contrário da pele do rosto, que era agreste. Notícias mínimas, e aliás necessárias ao complemento de um certo ar duplo que distinguia este homem, um ar de pedinte e general. Na rua, andando, sem almoço e sem vintém, parecia levar após si um exército. A causa não era outra mais do que o contraste entre a natureza e a situação, entre a alma e a vida. Esse Custódio nascera com a vocação da riqueza, sem a vocação do trabalho. Tinha o instinto das elegâncias, o amor do supérfluo, da boa chira, das belas damas, dos tapetes finos, dos móveis raros, um voluptuoso, e, até certo ponto, um artista, capaz de reger a vila Torloni ou a galeria Hamilton. Mas não tinha dinheiro; nem dinheiro, nem aptidão ou pachorra de ganhá-lo; por outro lado, precisava viver. *Il faut bien que je vive*, dizia um pretendente ao ministro Talleyrand. *Je n'en vois pas la nécessité*, redarguiu friamente o ministro. Ninguém dava essa resposta ao Custódio; davam-lhe dinheiro, um dez, outro cinco, outro vinte mil-réis, e de tais espórtulas é que ele principalmente tirava o albergue e a comida.

Digo que principalmente vivia delas, porque o Custódio não recusava meter-se em alguns negócios, com a condição de escolhê-los, e escolhia sempre os que não prestavam para nada. Tinha o faro das catástrofes. Entre vinte empresas, adivinhava logo a insensata, e metia ombros a ela, com resolução. O caiporismo, que o perseguia, fazia com que as dezenove prosperassem, e a vigésima lhe estourasse nas mãos. Não importa; aparelhava-se para outra.

Agora, por exemplo, leu um anúncio de alguém que pedia um sócio, com cinco contos de réis, para entrar em certo negócio, que prometia dar, nos primeiros seis meses, oitenta a cem contos de lucro. Custódio foi ter com o anunciante. Era uma grande ideia, uma fábrica de agulhas, indústria nova, de imenso futuro. E os planos, os desenhos da fábrica, os relatórios de Birmingham, os mapas de importação, as respostas dos alfaiates, dos donos de armarinho, etc., todos os documentos de um longo inquérito passavam diante dos olhos de Custódio, estrelados de algarismos, que ele não entendia, e que por isso mesmo lhe pareciam dogmáticos. Vinte e quatro horas; não pedia mais de vinte e quatro horas para trazer os cinco contos.

E saiu dali, cortejado, animado pelo anunciante, que, ainda à porta, o afogou numa torrente de saldos. Mas os cinco contos, menos dóceis ou menos vagabundos que os cinco mil-réis, sacudiam incredulamente a cabeça, e deixavam-se estar nas arcas, tolhidos de medo e de sono. Nada. Oito ou dez amigos, a quem falou, disseram-lhe que nem dispunham agora da soma pedida, nem acreditavam na fábrica. Tinha perdido as esperanças, quando aconteceu subir a Rua do Rosário e ler no portal de um cartório o nome de Vaz Nunes. Estremeceu de alegria; recordou a Tijuca, as maneiras do tabelião, as frases com que ele lhe respondeu ao brinde, e disse consigo que este era o salvador da situação.

– Venho pedir-lhe uma escritura...

Vaz Nunes, armado para outro começo, não respondeu: espiou para cima dos óculos e esperou.

– Uma escritura de gratidão – explicou o Custódio. – Venho pedir-lhe um grande favor, um favor indispensável, e conto que o meu amigo...

– Se estiver em minhas mãos...

– O negócio é excelente, note-se bem; um negócio magnífico. Nem eu me metia a incomodar os outros sem certeza do resultado. A coisa está pronta; foram já encomendas para a Inglaterra; e é provável que dentro de dois meses esteja tudo montado, é uma indústria nova. Somos três sócios, a minha parte são cinco contos. Venho pedir-lhe esta quantia, a seis meses – ou a três, com juro módico...

— Cinco contos?

— Sim, senhor.

— Mas, senhor Custódio, não disponho de tão grande quantia. Os negócios andam mal; e ainda que andassem muito bem, não poderia dispor de tanto. Quem é que pode esperar cinco contos de um modesto tabelião de notas?

— Ora, se o senhor quisesse...

— Quero, decerto; digo-lhe que se se tratasse de uma quantia pequena, acomodada aos meus recursos, não teria dúvida em adiantá-la. Mas cinco contos! Creia que é impossível.

A alma do Custódio caiu de bruços. Subira pela escada de Jacó até o céu; mas em vez de descer como os anjos no sonho bíblico, rolou abaixo e caiu de bruços. Era a última esperança; e justamente por ter sido inesperada, é que ele supôs que fosse certa, pois, como todos os corações que se entregam ao regime do eventual, o do Custódio era supersticioso. O pobre-diabo sentiu enterrarem-se-lhe no corpo os milhões de agulhas que a fábrica teria de produzir no primeiro semestre. Calado, com os olhos no chão, esperou que o tabelião continuasse, que se compadecesse, que lhe desse alguma aberta; mas o tabelião, que lia isso mesmo na alma do Custódio, estava também calado, girando entre os dedos as frestas de rapé, respirando grosso, com um certo chiado nasal e implicante. Custódio ensaiou todas as atitudes; ora pedinte, ora general. O tabelião não se mexia. Custódio ergueu-se.

— Bem — disse ele, com uma pontazinha de despeito —, há de perdoar o incômodo...

— Não há que perdoar, eu é que lhe peço desculpa de não poder servi-lo como desejava. Repito: se fosse alguma quantia menos avultada, não teria dúvida; mas...

Estendeu a mão ao Custódio, que com a esquerda pegara maquinalmente no chapéu. O olhar empanado do Custódio exprimia a absorção da alma dele, apenas convalescida da queda que lhe tirara as últimas energias. Nenhuma escada misteriosa, nenhum céu; tudo voara a um piparote do tabelião. Adeus, agulhas! A realidade veio tomá-lo outra vez com as suas unhas de bronze. Tinha de voltar ao precário, ao adventício, às velhas contas, com os grandes zeros arregalados e os cifrões retorcidos à laia de orelhas, que continuariam a fitá-lo e a ouvi-lo, a ouvi-lo e a fitá-lo, alongando para ele os algarismos implacáveis de fome. Que queda! E que abismo! Desenganado, olhou para o tabelião com um gesto de despedida; mas, uma ideia súbita clareou-lhe a noite do cérebro. Se a quantia fosse menor, Vaz Nunes poderia servi-lo, e com prazer; por que não seria uma quantia menor? Já agora abria mão da empresa; mas não podia fazer o mesmo a uns aluguéis atrasados, a dois ou três credores, etc., e uma soma razoável, quinhentos mil-réis, por exemplo, uma vez que o tabelião tinha a boa vontade de emprestar-lhos, vinham a ponto. A alma do Custódio empertigou-se; vivia do presente, nada queria saber do passado, nem saudades, nem temores, nem remorsos. O presente era tudo. O presente eram os quinhentos mil-réis, que ele ia ver surgir da algibeira do tabelião, como um alvará de liberdade.

– Pois bem – disse ele –, veja o que me pode dar, e eu irei ter com outros amigos... Quanto?

– Não posso dizer nada a este respeito, porque realmente só uma coisa muito modesta.

– Quinhentos mil-réis?

– Não, não posso.

– Nem quinhentos mil-réis?

– Nem isso – replicou firme o tabelião. – De que se admira? Não lhe nego que tenho algumas propriedades; mas, meu amigo, não ando com elas no bolso; e tenho certas obrigações particulares... Diga-me, não está empregado?

– Não, senhor.

– Olhe; dou-lhe coisa melhor do que quinhentos mil-réis; falarei ao ministro da justiça, tenho relações com ele, e...

Custódio interrompeu-o, batendo uma palmada no joelho. Se foi um movimento natural, ou uma diversão astuciosa para não conversar do emprego, é o que totalmente ignoro; nem parece que seja essencial ao caso. O essencial é que ele teimou na súplica. Não podia dar quinhentos mil-réis? Aceitava duzentos; bastavam-lhe duzentos, não para a empresa, pois adotava o conselho dos amigos: ia recusá-la. Os duzentos mil-réis, visto que o tabelião estava disposto a ajudá-lo, eram para uma necessidade urgente – "tapar um buraco". E então relatou tudo, respondeu à franqueza com franqueza: era a regra da sua vida. Confessou que, ao tratar da grande empresa, tivera em mente acudir também a um credor pertinaz, um diabo, um judeu, que rigorosamente ainda lhe devia, mas tivera a aleivosia de trocar de posição. Eram duzentos e poucos mil-réis; e dez, parece; mas aceitava duzentos...

— Realmente, custa-me repetir-lhe o que disse; mas, enfim, nem os duzentos mil-réis posso dar. Cem mesmo, se o senhor os pedisse, estão acima das minhas forças nesta ocasião. Noutra pode ser, e não tenho dúvida, mas agora...

— Não imagina os apuros em que estou!

— Nem cem, repito. Tenho tido muitas dificuldades nestes últimos tempos. Sociedades, subscrições, maçonaria... Custa-lhe crer, não é? Naturalmente: um proprietário. Mas, meu amigo, é muito bom ter casas: o senhor é que não conta os estragos, os consertos, as penas d'água, as décimas, o seguro, os calotes, etc. São os buracos do pote, por onde vai a maior parte da água...

— Tivesse eu um pote! — suspirou Custódio.

— Não digo que não. O que digo é que não basta ter casas para não ter cuidados, despesas, e até credores... Creia o senhor que também eu tenho credores.

— Nem 100 mil-réis!

— Nem 100 mil-réis, pesa-me dizê-lo, mas é verdade. Nem 100 mil-réis. Que horas são?

Levantou-se, e veio ao meio da sala. Custódio veio também, arrastado, desesperado. Não podia acabar de crer que o tabelião não tivesse ao menos 100 mil-réis. Quem é que não tem 100 mil-réis consigo? Cogitou uma cena patética, mas o cartório abria para a rua; seria ridículo. Olhou para fora. Na loja fronteira, um sujeito apreçava uma sobrecasaca, à porta, porque entardecia depressa, e o interior era escuro. O caixeiro segurava a obra no ar; o freguês examinava o pano com a vista e com os dedos, depois as costuras, o forro... Este incidente rasgou-lhe um horizonte novo, embora modesto; era tempo de aposentar o paletó que trazia. Mas nem cinquenta mil-réis podia dar-lhe o tabelião. Custódio sorriu — não de desdém, não de raiva, mas de amargura e dúvida; era impossível que ele não tivesse cinquenta mil-réis. Vinte, ao menos? Nem 20. Nem 20! Não; falso tudo, tudo mentira.

Custódio tirou o lenço, alisou o chapéu devagarinho; depois guardou o lenço, concertou a gravata, com um ar misto de esperança e despeito. Viera cerceando as asas à ambição, pluma a pluma; restava ainda uma penugem curta e fina, que lhe metia umas veleidades de voar. Mas o outro, nada. Vaz Nunes cotejava o relógio da parede com o do bolso, chegava este ao ouvido, limpava o mostrador, calado, transpirando por todos os poros impaciência e fastio. Estavam a pingar as cinco, enfim, e o tabelião, que as esperava, desengatilhou a despedida. Era tarde; morava longe. Dizendo isto, despiu o paletó de alpaca, e vestiu o de casimira, mudou de um para outra fresta de rapé, o lenço, a carteira... Oh! A carteira! Custódio viu esse utensílio problemático, apalpou-o com os olhos; invejou a alpaca, invejou a casimira, quis ser algibeira, quis ser o couro, a matéria mesma do precioso receptáculo. Lá vai ela; mergulhou de todo no bolso do peito esquerdo; o tabelião abotoou-se. Nem vinte mil-réis! Era impossível que não levasse ali vinte mil-réis, pensava ele; não diria duzentos, mas vinte, dez que fossem...

– Pronto! – disse-lhe Vaz Nunes, com o chapéu na cabeça.

– Quer ver?

E o tabelião desabotoou o paletó, tirou a carteira, abriu-a, e mostrou-lhe duas notas de cinco mil-réis.

– Não tenho mais – disse ele. – O que posso fazer é reparti-los com o senhor; dou-lhe uma de cinco, e fico com a outra; serve-lhe?

Custódio aceitou os cinco mil-réis, não triste, ou de má cara, mas risonho, palpitante, como se viesse de conquistar a Ásia Menor. Era o jantar certo. Estendeu a mão ao outro, agradeceu-lhe o obséquio, despediu-se até breve – um *até breve* cheio de afirmações implícitas. Depois saiu; o pedinte esvaiu-se à porta do cartório; o general é que foi por ali abaixo, pisando rijo, encarando fraternalmente os ingleses do comércio que subiam a rua para se transportarem aos arrabaldes. Nunca o céu lhe pareceu tão azul, nem a tarde tão límpida; todos os homens traziam na retina a alma da hospitalidade. Com a mão esquerda no bolso das calças, ele apertava amorosamente os cinco mil-réis, resíduo de uma grande ambição, que ainda há pouco saíra contra o sol, num ímpeto de águia, e ora habita modestamente as asas de frango rasteiro.

A DESEJADA DAS GENTES

— Ah! Conselheiro, aí começa a falar em verso.

— Todos os homens devem ter uma lira no coração, — ou não sejam homens. Que a lira ressoe a toda a hora, nem por qualquer motivo, não o digo eu, mas de longe em longe, e por algumas reminiscências particulares... Sabe por que é que lhe pareço poeta, apesar das Ordenações do Reino e dos cabelos grisalhos? É porque vamos por esta Glória adiante, costeando aqui a Secretaria de Estrangeiros... Lá está o outeiro célebre... Adiante há uma casa.

— Vamos andando.

— Vamos... Divina Quintília! Todas essas caras que aí passam são outras, mas falam-me daquele tempo, como se fossem as mesmas de outrora; é a lira que ressoa, e a imaginação faz o resto. Divina Quintília!

— Chamava-se Quintília? Conheci de vista, quando andava na Escola de Medicina, uma linda moça com esse nome. Diziam que era a mais bela da cidade.

— Há de ser a mesma, porque tinha essa fama. Magra e alta?

— Isso. Que fim levou?

— Morreu em 1859. Vinte de abril. Nunca me há de esquecer esse dia. Vou contar-lhe um caso interessante para mim, e creio que também para o senhor. Olhe, a casa era aquela... Morava com um tio, chefe de esquadra reformado, tinha outra casa no Cosme Velho. Quando conheci Quintília... Que idade pensa que teria, quando a conheci?

— Se foi em 1855...

— Em 1855.

— Devia ter vinte anos.

— Tinha trinta.

— Trinta?

— Trinta anos. Não os parecia, nem era nenhuma inimiga que lhe dava essa idade. Ela própria a confessava e até com afetação. Ao contrário, uma de suas amigas afirmava que Quintília não passava dos 27; mas como ambas tinham nascido no mesmo dia, dizia isso para diminuir-se a si própria.

— Mau, nada de ironias; olhe que a ironia não faz boa cama com a saudade.

— Que é a saudade senão uma ironia do tempo e da fortuna? Veja lá; começo a ficar sentencioso. Trinta anos; mas em verdade, não os parecia. Lembra-se bem que era magra e alta; tinha os olhos como eu então dizia, que pareciam cortados da capa da última noite, mas apesar de noturnos, sem mistérios nem abismos. A voz era brandíssima, um tanto apaulistada, a boca larga, e os dentes, quando ela simplesmente falava, davam-lhe à boca um ar de riso. Ria também, e foram os risos dela, de parceria com os olhos, que me doeram muito durante certo tempo.

— Mas se os olhos não tinham mistérios...

— Tanto não os tinham que cheguei a ponto de supor que eram as portas abertas do castelo, e o riso o clarim que chamava os cavaleiros. Já a conhecíamos, eu e o meu companheiro de escritório, o João Nóbrega, ambos principiantes na advocacia, e íntimos como ninguém mais; mas nunca nos lembrou namorá-la. Ela andava então na galeria; era bela, rica, elegante, e da primeira roda. Mas um dia, no antigo Teatro Provisório entre dois atos dos Puritanos, estando eu num corredor, ouvi um grupo de moços que falavam dela, como de uma fortaleza inexpugnável. Dois confessaram haver tentado alguma coisa, mas sem fruto; e todos pasmavam do celibato da moça que lhes parecia sem explicação. E chalaceavam: um dizia que era promessa até ver se engordava primeiro; outro que estava esperando a segunda mocidade do tio para casar com ele; outro que provavelmente encomendara algum anjo ao porteiro do céu; trivialidades que me aborreceram muito, e da parte dos que confessavam tê-la cortejado ou amado, achei que era uma grosseria sem nome. No que eles estavam todos de acordo é que ela era extraordinariamente bela; aí foram entusiastas e sinceros.

— Oh! Ainda me lembro!... Era muito bonita.

— No dia seguinte, ao chegar ao escritório, entre duas causas que não vinham, contei ao Nóbrega a conversação da véspera. Nóbrega riu-se do caso, refletiu, e depois de dar alguns passos, parou diante de mim, olhando, calado.

— Aposto que a namoras? – perguntei-lhe.

— Não – disse ele. – Nem tu? Pois me lembrou uma coisa: vamos tentar o assalto à fortaleza? Que perdemos com isso? Nada, ou ela nos põe na rua, e já podemos esperá-lo, ou aceita um de nós, e tanto melhor para o outro que verá o seu amigo feliz.

— Estás falando sério?

— Muito sério — Nóbrega acrescentou que não era só a beleza dela que a fazia atraente. Note que ele tinha a presunção de ser espírito prático, mas era principalmente um sonhador que vivia lendo e construindo aparelhos sociais e políticos. Segundo ele, os tais rapazes do teatro evitavam falar dos bens da moça, que eram um dos feitiços dela, e uma das causas prováveis da desconsolação de uns e dos sarcasmos de todos. E dizia-me: — Escuta, nem divinizar o dinheiro, nem também bani-lo; não vamos crer que ele dá tudo, mas reconheçamos que dá alguma coisa e até muita coisa, – este relógio, por exemplo. Combatamos pela nossa Quintília, minha ou tua, mas provavelmente minha, porque sou mais bonito que tu.

— Conselheiro, a confissão é grave, foi assim brincando...?

— Foi assim brincando, cheirando ainda aos bancos da academia, que nos metemos em negócio de tanta ponderação, que podia acabar em nada, mas deu muito de si. Era um começo estouvado, quase um passatempo de crianças, sem a nota da sinceridade; mas o homem põe e a espécie dispõe. Conhecíamo-la, posto não tivéssemos encontros frequentes; uma vez que nos dispusemos a uma ação comum, entrou um elemento novo na nossa vida, e dentro de um mês estávamos brigados.

— Brigados?

— Ou quase. Não tínhamos contado com ela, que nos enfeitiçou a ambos, violentamente. Em algumas semanas já pouco falávamos de Quintília, e com indiferença; tratávamos de enganar um ao outro e dissimular o que sentíamos. Foi assim que as nossas relações se dissolveram, no fim de seis meses, sem ódio, nem luta, nem demonstração externa, porque ainda nos falávamos, onde o acaso nos reunia; mas já então tínhamos banca separada.

— Começo a ver uma pontinha do drama...

— Tragédia, diga tragédia; porque daí a pouco tempo, ou por desengano verbal que ela lhe desse, ou por desespero de vencer, Nóbrega deixou-me só em campo. Arranjou uma nomeação de juiz municipal lá para os sertões da Bahia, onde definhou e morreu antes de acabar o quatriênio. E juro-lhe que não foi o inculcado espírito prático de Nóbrega que o separou de mim; ele, que tanto falara das vantagens do dinheiro, morreu apaixonado como um simples Werther.

— Menos a pistola.

— Também o veneno mata; e o amor de Quintília podia dizer-se alguma coisa parecido com isso, foi o que o matou, e o que ainda hoje me dói... mas, vejo pelo seu dito que o estou aborrecendo...

— Pelo amor de Deus. Juro-lhe que não; foi uma graçola que me escapou. Vamos adiante, conselheiro; ficou só em campo.

— Quintília não deixava ninguém estar só em campo. Não digo por ela, mas pelos outros. Muitos vinham ali tomar um cálice de esperanças, e iam cear a outra parte. Ela não favorecia a um mais que a outro, mas era lhana, graciosa e tinha essa espécie de olhos derramados que não foram feitos para homens ciumentos. Tive ciúmes amargos e, às vezes, terríveis. Todo argueiro me parecia um cavaleiro, e todo cavaleiro um diabo. Afinal acostumei-me a ver que eram passageiros de um dia. Outros me metiam mais medo, eram os que vinham dentro da luva das amigas. Creio que houve duas ou três negociações dessas, mas sem resultado. Quintília declarou que nada faria sem consultar o tio, e o tio aconselhou a recusa – coisa que ela sabia de antemão. O bom velho não gostava nunca da visita de homens, com receio de que a sobrinha escolhesse algum e casasse. Estava tão acostumado a trazê-la ao pé de si, como uma muleta da velha alma aleijada, que temia perdê-la inteiramente.

— Não seria essa a causa da isenção sistemática da moça?

— Vai ver que não.

— O que noto é que o senhor era mais teimoso que os outros...

— Iludido, a princípio, porque no meio de tantas candidaturas malogradas, Quintília preferia-me a todos os outros homens, e conversava comigo mais largamente e mais intimamente, a tal ponto que chegou a correr que nos casávamos.

— Mas conversavam de quê?

— De tudo o que ela não conversava com os outros; e era de fazer pasmar que uma pessoa tão amiga de bailes e passeios, de valsar e rir, fosse comigo tão severa e grave, tão diferente do que costumava ou parecia ser.

— A razão é clara: achava a sua conversação menos insossa que a dos outros homens.

— Obrigado; era mais profunda a causa da diferença, e a diferença ia-se acentuando com os tempos. Quando a vida cá embaixo a aborrecia muito, ia para o Cosme Velho, e ali as nossas conversações eram mais frequentes e compridas. Não lhe posso dizer, nem o senhor compreenderia nada, o que foram as horas que ali passei, incorporando na minha vida toda a vida que jorrava dela. Muitas vezes quis dizer-lhe o que sentia, mas as palavras tinham medo e ficavam no coração. Escrevi cartas sobre cartas; todas me pareciam frias, difusas, ou inchadas de estilo. Demais, ela não dava ensejo a nada, tinha um ar de velha amiga. No princípio de 1857 adoeceu meu pai em Itaboraí; corri a vê-lo, achei-o moribundo. Este fato reteve-me fora da Corte uns quatro meses. Voltei pelos fins de maio. Quintília recebeu-me triste da minha tristeza, e vi claramente que o meu luto passara aos olhos dela...

— Mas que era isso senão amor?

— Assim o cri, e dispus a minha vida para desposá-la. Nisto, adoeceu o tio gravemente. Quintília não ficava só, se ele morresse, porque, além dos muitos parentes espalhados que tinha, morava com ela agora, na casa da Rua do Catete, uma prima, dona Ana, viúva; mas, é certo que a afeição principal ia-se embora e nessa transição da vida presente à vida ulterior podia eu alcançar o que desejava. A moléstia do tio foi breve; ajudada da velhice, levou-o em duas semanas. Digo-lhe aqui que a morte dele lembrou-me a de meu pai, e a dor que então senti foi quase a mesma.

Quintília viu-me padecer, compreendeu o duplo motivo, e, segundo me disse depois, estimou a coincidência do golpe, uma vez que tínhamos de recebê-lo sem falta e tão breve. A palavra pareceu-me um convite matrimonial; dois meses depois cuidei de pedi-la em casamento. Dona Ana ficara morando com ela e estavam no Cosme Velho. Fui ali, achei-as juntas no terraço, que ficava perto da montanha. Eram quatro horas da tarde de um domingo. Dona Ana, que nos presumia namorados, deixou-nos o campo livre.

— Enfim!

— No terraço, lugar solitário, e posso dizer agreste, proferi a primeira palavra. O meu plano era justamente precipitar tudo, com medo de que, cinco minutos de conversa me tirassem as forças. Ainda assim, não sabe o que me custou, custaria menos uma batalha, e juro-lhe que não nasci para guerras. Mas aquela mulher magrinha e delicada impunha-se-me, como nenhuma outra, antes e depois...

— E então?

— Quintília adivinhara, pelo transtorno do meu rosto, o que lhe ia pedir, e deixou-me falar para preparar a resposta. A resposta foi interrogativa e negativa. Casar para quê? Era melhor que ficássemos amigos como dantes. Respondi-lhe que a amizade era, em mim, desde muito, a simples sentinela do amor; não podendo mais contê-lo, deixou que ele saísse. Quintília sorriu da metáfora, o que me doeu, e sem razão; ela, vendo o efeito, fez-se outra vez séria e tratou de persuadir-me de que era melhor não casar.

– Estou velha – disse ela. – Vou em 33 anos.

– Mas se eu a amo assim mesmo – repliquei, e disse-lhe uma porção de coisas, que não poderia repetir agora. Quintília refletiu um instante; depois insistiu nas relações de amizade; disse que, posto que mais moço que ela, tinha a gravidade de um homem mais velho e inspirava-lhe confiança como nenhum outro. Desesperançado, dei algumas passadas, depois me sentei outra vez e narrei-lhe tudo. Ao saber da minha briga com o amigo e companheiro da academia, e a separação em que ficamos, sentiu-se, não sei se diga, magoada ou irritada. Censurou-nos a ambos, não valia a pena que chegássemos a tal ponto.

– A senhora diz isso porque não sente a mesma coisa.

– Mas então é um delírio?

– Creio que sim; o que lhe afianço é que ainda agora, se fosse necessário, separar-me-ia dele uma e cem vezes; e creio poder afirmar-lhe que ele faria a mesma coisa. Aqui olhou ela espantada para mim, como se olha para uma pessoa cujas faculdades parecem transtornadas; depois abanou a cabeça, e repetiu que fora um erro; não valia a pena.

– Fiquemos amigos – disse-me, estendendo a mão.

– É impossível; pede-me coisa superior às minhas forças, nunca poderei ver na senhora uma simples amiga; não desejo impor-lhe nada; dir-lhe-ei até que nem mais insisto, porque não aceitaria outra resposta agora. – Trocamos ainda algumas palavras, e retirei-me... Veja a minha mão.

– Treme-lhe ainda...

– E não lhe contei tudo. Não lhe digo aqui os aborrecimentos que tive, nem a dor e o despeito que me ficaram. Estava arrependido, zangado, devia ter provocado aquele desengano desde as primeiras semanas, mas a culpa foi da esperança, que é uma planta daninha, que me comeu o lugar de outras plantas melhores. No fim de cinco dias saí para Itaboraí, onde me chamaram alguns interesses do inventário de meu pai. Quando voltei, três semanas depois, achei em casa uma carta de Quintília.

– Oh!

– Abri-a alvoroçadamente: datava de quatro dias. Era longa; aludia aos últimos sucessos, e dizia coisas meigas e graves. Quintília afirmava ter esperado por mim todos os dias, não cuidando que eu levasse o egoísmo até não voltar lá mais, por isso escrevia-me, pedindo que fizesse dos meus sentimentos pessoais e sem eco uma página de história acabada; que ficasse só o amigo, e lá fosse ver a sua amiga. E concluía com estas singulares palavras: "Quer uma garantia? Juro-lhe que não casarei nunca". Compreendi que um vínculo de simpatia moral nos ligava um ao outro; com a diferença que o que era em mim paixão específica, era nela uma simples eleição de caráter. Éramos dois sócios, que entravam no comércio da vida com diferente capital: eu, tudo o que possuía; ela, quase um óbolo. Respondi à carta dela nesse sentido; e declarei que era tal a minha obediência e o meu amor, que cedia, mas de má vontade, porque, depois do que se passara entre nós, ia sentir-me humilhado. Risquei a palavra ridícula, já escrita, para poder ir vê-la sem este vexame; bastava o outro.

– Aposto que seguiu atrás da carta? É o que eu faria, porque essa moça, ou eu me engano ou estava morta por casar com o senhor.

– Deixe a sua fisiologia usual; este caso é particularíssimo.

– Deixe-me adivinhar o resto; o juramento era um anzol místico; depois, o senhor, que o recebera, podia desobrigá-la dele, uma vez que aproveitasse com a absolvição. Mas, enfim, correr à casa dela.

– Não corri; fui dois dias depois. No intervalo, respondeu ela à minha carta com um bilhete carinhoso, que rematava com esta ideia: "não fale de humilhação, onde não houve público". Fui, voltei uma e mais vezes e restabeleceram-se as nossas relações. Não se falou em nada; ao princípio, custou-me muito parecer o que era dantes; depois, o demônio da esperança veio pousar outra vez no meu coração; e, sem nada exprimir, cuidei que um dia, um dia tarde, ela viesse a casar comigo. E foi essa esperança que me retificou aos meus próprios olhos, na situação em que me achava. Os boatos de nosso casamento correram mundo. Chegaram aos nossos ouvidos; eu negava formalmente e sério; ela dava de ombros e ria. Foi essa fase da nossa vida a mais serena para mim, salvo um incidente curto, um diplomata austríaco ou não sei que, rapagão, elegante, ruivo, olhos grandes e atrativos, e fidalgo ainda por cima. Quintília mostrou-se-lhe tão graciosa, que ele cuidou estar aceito, e tratou de ir adiante. Creio que algum gesto meu, inconsciente, ou então um pouco da percepção fina que o céu lhe dera, levou depressa o desengano à legação austríaca. Pouco depois ela adoeceu; e foi então que a nossa intimidade cresceu de vulto. Ela, enquanto se tratava, resolveu não sair, e isso mesmo lhe disseram os médicos. Lá passava eu muitas horas diariamente. Ou elas tocavam, ou jogávamos os três, ou então se lia alguma coisa; a maior parte das vezes conversávamos somente. Foi então que a estudei muito; escutando as suas leituras vi que os livros puramente amorosos achavam-os incompreensíveis, e, se as paixões aí eram violentas, largava-os com tédio. Não falava assim por ignorante; tinha notícia vaga das paixões, e assistira a algumas alheias.

— De que moléstia padecia?

— Da espinha. Os médicos diziam que a moléstia não era talvez recente, e ia tocando o ponto melindroso. Chegamos assim a 1859. Desde março desse ano a moléstia agravou-se muito; teve uma pequena parada, mas para os fins do mês chegou ao estado desesperador. Nunca vi depois criatura mais enérgica diante da iminente catástrofe; estava então de uma magreza transparente, quase fluida; ria, ou antes, sorria apenas, e vendo que eu escondia as minhas lágrimas, apertava-me as mãos agradecida. Um dia, estando sós com o médico, perguntou-lhe a verdade; ele ia mentir, ela disse-lhe que era inútil, que estava perdida.

— Perdida, não — murmurou o médico.

— Jura que não estou perdida? — Ele hesitou, ela agradeceu-lho. Uma vez certa que morria, ordenou o que prometera a si mesma.

— Casou com o senhor, aposto?

— Não me relembre essa triste cerimônia; ou antes, deixe-me relembrá-la, porque me traz algum alento do passado. Não aceitou recusas nem pedidos meus; casou comigo à beira da morte. Foi no dia 18 de abril de 1859. Passei os últimos dois dias, até 20 de abril ao pé da minha noiva moribunda, e abracei-a pela primeira vez feita cadáver.

— Tudo isso é bem esquisito.

— Não sei o que dirá a sua fisiologia. A minha, que é de profano, crê que aquela moça tinha ao casamento uma aversão puramente física. Casou meio defunta, às portas do nada. Chame-lhe monstro, se quer, mas acrescente divino.

UNS BRAÇOS

Inácio estremeceu, ouvindo os gritos do solicitador, recebeu o prato que este lhe apresentava e tratou de comer, debaixo de uma trovoada de nomes, malandro, cabeça de vento, estúpido, maluco.

– Onde anda que nunca ouve o que lhe digo? Hei de contar tudo a seu pai, para que lhe sacuda a preguiça do corpo com uma boa vara de marmelo, ou um pau; sim, ainda pode apanhar, não pense que não. Estúpido! Maluco!

– Olhe que lá fora é isto mesmo que você vê aqui – continuou, voltando-se para dona Severina, senhora que vivia com ele maritalmente, há anos. – Confunde-me os papéis todos, erra as casas, vai a um escrivão em vez de ir a outro, troca os advogados: é o diabo! É o tal sono pesado e contínuo. De manhã é o que se vê; primeiro que acorde é preciso quebrar-lhe os ossos... Deixe; amanhã hei de acordá-lo a pau de vassoura!

Dona Severina tocou-lhe no pé, como pedindo que acabasse. Borges cuspiu ainda alguns impropérios, e ficou em paz com Deus e os homens.

Não digo que ficou em paz com os meninos, porque o nosso Inácio não era propriamente menino. Tinha 15 anos feitos e bem feitos. Cabeça inculta, mas bela, olhos de rapaz que sonha, que adivinha, que indaga, que quer saber e não acaba de saber nada. Tudo isso posto sobre um corpo não destituído de graça, ainda que malvestido. O pai é barbeiro na Cidade Nova, e pô-lo de agente, escrevente, ou que quer que era, do solicitador Borges, com esperança de vê-lo no foro, porque lhe parecia que os procuradores de causas ganhavam muito. Passava-se isto na Rua da Lapa, em 1870.

Durante alguns minutos não se ouviu mais que o tinir dos talheres e o ruído da mastigação. Borges abarrotava-se de alface e vaca; interrompia-se para virgular a oração com um golpe de vinho e continuava logo calado.

Inácio ia comendo devagarinho, não ousando levantar os olhos do prato, nem para colocá-los onde eles estavam no momento em que o terrível Borges o descompôs. Verdade é que seria agora muito arriscado. Nunca ele pôs os olhos nos braços de dona Severina que se não esquecesse de si e de tudo.

Também a culpa era antes de dona Severina em trazê-los assim nus, constantemente. Usava mangas curtas em todos os vestidos de casa, meio palmo abaixo do ombro; dali em diante ficava-lhe os braços à mostra. Na verdade, eram belos e cheios, em harmonia com a dona, que era antes grossa que fina, e não perdiam a cor nem a maciez por viverem ao ar; mas é justo explicar que ela os não trazia assim por faceira, senão porque já gastara todos os vestidos de mangas compridas. De pé, era muito vistosa; andando, tinha meneios engraçados; ele, entretanto, quase que só a via à mesa, onde, além dos braços, mal poderia mirar-lhe o busto. Não se pode dizer que era bonita; mas também não era feia. Nenhum adorno; o próprio penteado consta de mui pouco; alisou os cabelos, apanhou-os, atou-os e fixou-os no alto da cabeça com o pente de tartaruga que a mãe lhe deixou. Ao pescoço, um lenço escuro, nas orelhas, nada. Tudo isso com 27 anos floridos e sólidos.

Acabaram de jantar. Borges, vindo o café, tirou quatro charutos da algibeira, comparou-os, apertou-os entre os dedos, escolheu um e guardou os restantes. Aceso o charuto, fincou os cotovelos na mesa e falou a dona Severina de trinta mil coisas que não interessavam nada ao nosso Inácio; mas enquanto falava, não o descompunha e ele podia devanear à larga. Inácio demorou o café o mais que pôde. Entre um e outro gole alisava a toalha, arrancava dos dedos pedacinhos de pele imaginários ou passava os olhos pelos quadros da sala de jantar, que eram dois, um São Pedro e um São João, registros trazidos de festas encaixilhados em casa. Vá que disfarçasse com São João, cuja cabeça moça alegra as imaginações católicas, mas com o austero São Pedro era demais. A única defesa do moço Inácio é que ele não via nem um nem outro; passava os olhos por ali como por nada. Via só os braços de dona Severina – ou porque sorrateiramente olhasse para eles, ou porque andasse com eles impressos na memória.

– Homem, você não acaba mais? – bradou de repente o solicitador.

Não havia remédio; Inácio bebeu a última gota, já fria, e retirou-se, como de costume, para o seu quarto, nos fundos da casa. Entrando, fez um gesto de zanga e desespero e foi depois encostar-se a uma das duas janelas que davam para o mar. Cinco minutos depois, a vista das águas próximas e das montanhas ao longe lhe restituía o sentimento confuso, vago, inquieto, que lhe doía e fazia bem, alguma coisa que deve sentir a planta, quando abotoa a primeira flor. Tinha vontade de ir embora e de ficar. Havia cinco semanas que ali morava, e a vida era sempre a mesma, sair de manhã com o Borges, andar por audiências e cartórios, correndo, levando papéis ao selo, ao distribuidor, aos escrivães, aos oficiais de justiça. Voltava à tarde, jantava e recolhia-se ao quarto, até a hora da ceia; ceava e ia dormir. Borges não lhe dava intimidade na família, que se compunha apenas de dona Severina, nem Inácio a via mais de três vezes por dia, durante as refeições. Cinco semanas de solidão, de trabalho sem gosto, longe da mãe e das irmãs; cinco semanas de silêncio, porque ele só falava uma ou outra vez na rua; em casa, nada. "Deixe estar" – pensou ele um dia –, "fujo daqui e não volto mais."

Não foi; sentiu-se agarrado e acorrentado pelos braços de dona Severina. Nunca vira outros tão bonitos e tão frescos. A educação que tivera não lhe permitia encará-los logo abertamente, parece até que a princípio afastava os olhos, vexado. Encarou-os pouco a pouco, ao ver que eles não tinham outras mangas, e assim os foi descobrindo, mirando e amando. No fim de três semanas eram eles, moralmente falando, as suas tendas de repouso. Aguentava toda a trabalheira de fora, toda a melancolia da solidão e do silêncio, toda a grosseria do patrão, pela única paga de ver, três vezes por dia, o famoso par de braços.

Naquele dia, enquanto a noite ia caindo e Inácio estirava-se na rede (não tinha ali outra cama), dona Severina, na sala da frente, recapitulava o episódio do jantar e, pela primeira vez, desconfiou alguma coisa. Rejeitou a ideia logo, uma criança! Mas há ideias que são da família das moscas teimosas: por mais que a gente as sacuda, elas tornam e pousam. Criança? Tinha 15 anos; e ela advertiu que entre o nariz e a boca do rapaz havia um princípio de rascunho de buço. Que admira que começasse a amar? E não era ela bonita? Esta outra ideia não foi rejeitada, antes afagada e beijada. E recordou então os modos dele, os esquecimentos, as distrações, e mais um incidente, e mais outro, tudo eram sintomas, e concluiu que sim.

– Que é que você tem? – disse-lhe o solicitador, estirado no canapé, ao cabo de alguns minutos de pausa.

– Não tenho nada.

– Nada? Parece que cá em casa anda tudo dormindo! Deixe estar, que eu sei de um bom remédio para tirar o sono aos dorminhocos...

E foi por ali, no mesmo tom zangado, fuzilando ameaças, mas realmente incapaz de cumpri-las, pois era antes grosseiro que mau. Dona Severina interrompia-o que não, que era engano, não estava dormindo, estava pensando na comadre Fortunata. Não a visitavam desde o Natal; por que não iriam lá uma daquelas noites? Borges redarguia que andava cansado, trabalhava como um negro, não estava para visitas de parola, e descompôs a comadre, descompôs o compadre, descompôs o afilhado, que não ia ao colégio, com dez anos!

Ele, Borges, com dez dez anos, já sabia ler, escrever e contar, não muito bem, é certo, mas sabia. Dez anos! Havia de ter um bonito fim:

— Vadio, e o côvado e meio nas costas. A tarimba é que viria ensiná-lo.

Dona Severina apaziguava-o com desculpas, a pobreza da comadre, o caiporismo do compadre, e fazia-lhe carinhos, a medo, que eles podiam irritá-lo mais. A noite caíra de todo; ela ouviu o *tlic* do lampião do gás da rua, que acabavam de acender, e viu o clarão dele nas janelas da casa fronteira. Borges, cansado do dia, pois era realmente um trabalhador de primeira ordem, foi fechando os olhos e pegando no sono, e deixou-a só na sala, às escuras, consigo e com a descoberta que acaba de fazer.

Tudo parecia dizer à dama que era verdade; mas essa verdade, desfeita a impressão do assombro, trouxe-lhe uma complicação moral que ela só conheceu pelos efeitos, não achando meio de discernir o que era. Não podia entender-se nem se equilibrar, chegou a pensar em dizer tudo ao solicitador, e ele que mandasse embora o fedelho. Mas que era tudo? Aqui estacou: realmente, não havia mais que suposição, coincidência e possivelmente ilusão. Não, não, ilusão não era. E logo recolhia os indícios vagos, as atitudes do mocinho, o acanhamento, as distrações, para rejeitar a ideia de estar enganada. Daí a pouco, (capciosa natureza!) refletindo que seria mau acusá-lo sem fundamento, admitiu que se iludisse, para o único fim de observá-lo melhor e averiguar bem a realidade das coisas.

Já nessa noite, dona Severina mirava por baixo dos olhos os gestos de Inácio; não chegou a achar nada, porque o tempo do chá era curto e o rapazinho não tirou os olhos da xícara. No dia seguinte pôde observar melhor, e nos outros otimamente. Percebeu que sim, que era amada e temida, amor adolescente e virgem, retido pelos liames sociais e por um sentimento de inferioridade que o impedia de reconhecer-se a si mesmo. Dona Severina compreendeu que não havia recear nenhum desacato, e concluiu que o melhor era não dizer nada ao solicitador; poupava-lhe um desgosto, e outro à pobre criança. Já se persuadia bem que ele era criança, e assentou de tratá-lo tão secamente como até ali, ou ainda mais. E assim fez; Inácio começou a sentir que ela fugia com os olhos, ou falava áspero, quase tanto como o próprio Borges. De outras vezes, é verdade que o tom da voz saía brando e até meigo, muito meigo; assim como o olhar geralmente esquivo, tanto errava por outras partes, que, para descansar, vinha pousar na cabeça dele; mas tudo isso era curto.

– Vou-me embora – repetia ele na rua como nos primeiros dias.

Chegava a casa e não se ia embora. Os braços de dona Severina fechavam-lhe um parêntesis no meio do longo e fastidioso período da vida que levava, e essa oração intercalada trazia uma ideia original e profunda, inventada pelo céu unicamente para ele. Deixava-se estar e ia andando. Afinal, porém, teve de sair, e para nunca mais; eis aqui como e porquê.

Dona Severina tratava-o desde alguns dias com benignidade. A rudeza da voz parecia acabada, e havia mais do que brandura, havia desvelo e carinho. Um dia recomendava-lhe que não apanhasse ar, outro que não bebesse água fria depois do café quente, conselhos, lembranças, cuidados de amiga e mãe, que lhe lançaram na alma ainda maior inquietação e confusão. Inácio chegou ao extremo de confiança de rir um dia à mesa, coisa que jamais fizera; e o solicitador não o tratou mal dessa vez, porque era ele que contava um caso engraçado, e ninguém pune a outro pelo aplauso que recebe. Foi então que dona Severina viu que a boca do mocinho, graciosa estando calada, não o era menos quando ria.

A agitação de Inácio ia crescendo, sem que ele pudesse acalmar-se nem entender-se. Não estava bem em parte nenhuma. Acordava de noite, pensando em dona Severina. Na rua, trocava de esquinas, errava as portas, muito mais que dantes, e não via mulher, ao longe ou ao perto, que lha não trouxesse à memória. Ao entrar no corredor da casa, voltando do trabalho, sentia sempre algum alvoroço, às vezes grande, quando dava com ela no topo da escada, olhando através das grades de pau da cancela, como tendo acudido a ver quem era.

Um domingo – nunca ele esqueceu esse domingo – estava só no quarto, à janela, virado para o mar, que lhe falava a mesma linguagem obscura e nova de dona Severina. Divertia-se em olhar para as gaivotas, que faziam grandes giros no ar, ou pairavam em cima d'água, ou revoavam somente. O dia estava lindíssimo. Não era só um domingo cristão; era um imenso domingo universal.

Inácio passava-os todos ali no quarto ou à janela, ou relendo um dos três folhetos que trouxera consigo, contos de outros tempos, comprados a tostão, debaixo do passadiço do Largo do Paço. Eram duas horas da tarde. Estava cansado, dormira mal à noite, depois de haver andado muito na véspera; estirou-se na rede, pegou em um dos folhetos, a *Princesa Magalona*, e começou a ler. Nunca pôde entender por que é que todas as heroínas dessas velhas histórias tinham a mesma cara e talhe de dona Severina, mas a verdade é que os tinham. Ao cabo de meia hora, deixou cair o folheto e pôs os olhos na parede, donde, cinco minutos depois, viu sair a dama dos seus cuidados. O natural era que se espantasse; mas não se espantou. Embora com as pálpebras cerradas viu-a desprender-se de todo, parar, sorrir e andar para a rede. Era ela mesma, eram os seus mesmos braços.

É certo, porém, que dona Severina, tanto não podia sair da parede, dado que houvesse ali porta ou rasgão, que estava justamente na sala da frente ouvindo os passos do solicitador que descia as escadas. Ouviu-o descer; foi à janela vê--lo sair e só se recolheu quando ele se perdeu ao longe, no caminho da Rua das Mangueiras. Então entrou e foi sentar-se no canapé. Parecia fora do natural, inquieta, quase maluca; levantando-se, foi pegar na jarra que estava em cima do aparador e deixou-a no mesmo lugar; depois caminhou até à porta, deteve-se e voltou, ao que parece, sem plano. Sentou-se outra vez cinco ou dez minutos. De repente, lembrou-se de que Inácio comera pouco ao almoço e tinha o ar abatido, e advertiu que podia estar doente; podia ser até que estivesse muito mal.

Saiu da sala, atravessou rasgadamente o corredor e foi até o quarto do mocinho, cuja porta achou escancarada. Dona Severina parou, espiou, deu com ele na rede, dormindo, com o braço para fora e o folheto caído no chão. A cabeça inclinava-se um pouco do lado da porta, deixando ver os olhos fechados, os cabelos revoltos e um grande ar de riso e de beatitude.

Dona Severina sentiu bater-lhe o coração com veemência e recuou. Sonhara de noite com ele; pode ser que ele estivesse sonhando com ela. Desde madrugada que a figura do mocinho andava-lhe diante dos olhos como uma tentação diabólica. Recuou ainda, depois voltou, olhou dois, três, cinco minutos, ou mais. Parece que o sono dava à adolescência de Inácio uma expressão mais acentuada, quase feminina, quase pueril. "Uma criança!" – disse ela a si mesma, naquela língua sem palavras que todos trazemos conosco. E esta ideia abateu-lhe o alvoroço do sangue e dissipou-lhe em parte a turvação dos sentidos. "Uma criança!" E mirou-o lentamente, fartou-se de vê-lo, com a cabeça inclinada, o braço caído; mas, ao mesmo tempo em que o achava criança, achava-o bonito, muito mais bonito que acordado, e uma dessas ideias corrigia ou corrompia a outra. De repente estremeceu e recuou assustada: ouvira um ruído ao pé, na saleta do engomado; foi ver, era um gato que deitara uma tigela ao chão. Voltando devagarinho a espiá-lo, viu que dormia profundamente. Tinha o sono duro a criança! O rumor que a abalara tanto, não o fez sequer mudar de posição. E ela continuou a vê-lo dormir – dormir e talvez sonhar.

Que não possamos ver os sonhos uns dos outros! Dona Severina ter-se-ia visto a si mesma na imaginação do rapaz; ter-se-ia visto diante da rede, risonha e parada; depois inclinar-se, pegar-lhe nas mãos, levá-las ao peito, cruzando ali os braços, os famosos braços. Inácio, namorado deles, ainda assim ouvia as palavras dela, que eram lindas, cálidas, principalmente novas – ou, pelo menos, pertenciam a algum idioma que ele não conhecia, posto que o entendesse. Duas, três e quatro vezes a figura esvaía-se, para tornar logo, vindo do mar ou de outra parte, entre gaivotas, ou atravessando o corredor com toda a graça robusta de que era capaz. E tornando, inclinava-se, pegava-lhe outra vez das mãos e cruzava ao peito os braços, até que se inclinando, ainda mais, muito mais, abrochou os lábios e deixou-lhe um beijo na boca.

Aqui o sonho coincidiu com a realidade, e as mesmas bocas uniram-se na imaginação e fora dela. A diferença é que a visão não recuou, e a pessoa real tão depressa cumprira o gesto, como fugiu até à porta, vexada e medrosa. Dali passou à sala da frente, aturdida do que fizera, sem olhar fixamente para nada. Afiava o ouvido, ia até o fim do corredor, a ver se escutava algum rumor que lhe dissesse que ele acordara, e só depois de muito tempo é que o medo foi passando. Na verdade, a criança tinha o sono duro; nada lhe abria os olhos, nem os fracassos contíguos, nem os beijos de verdade. Mas, se o medo foi passando, o vexame ficou e cresceu. Dona Severina não acabava de crer que fizesse aquilo; parece que embrulhara os seus desejos na ideia de que era uma criança namorada que ali estava sem consciência nem imputação; e, meia mãe, meia amiga, inclinara-se e beijara-o. Fosse como fosse, estava confusa, irritada, aborrecida, mal consigo e mal com ele. O medo de que ele podia estar fingindo que dormia apontou-lhe na alma e deu-lhe um calafrio.

Mas a verdade é que dormiu ainda muito, e só acordou para jantar. Sentou-se à mesa rapidamente. Conquanto achasse dona Severina calada e severa e o solicitador tão ríspido como nos outros dias, nem a rispidez de um, nem a severidade da outra podiam dissipar-lhe a visão graciosa que ainda trazia consigo, ou amortecer-lhe a sensação do beijo. Não reparou que dona Severina tinha um xale que lhe cobria os braços; reparou depois, na segunda-feira, e na terça-feira, também, e até sábado, que foi o dia em que Borges mandou dizer ao pai que não podia ficar com ele; e não o fez zangado, porque o tratou relativamente bem e ainda lhe disse à saída:

– Quando precisar de mim para alguma coisa, procure-me.

– Sim, senhor. A senhora dona Severina...

– Está lá para o quarto, com muita dor de cabeça. Venha amanhã ou depois despedir-se dela.

Inácio saiu sem entender nada. Não entendia a despedida, nem a completa mudança de dona Severina, em relação a ele, nem o xale, nem nada. Estava tão bem! Falava-lhe com tanta amizade! Como é que, de repente... Tanto pensou que acabou supondo de sua parte algum olhar indiscreto, alguma distração que a ofendera, não era outra coisa; e daqui a cara fechada e o xale que cobria os braços tão bonitos... Não importa; levava consigo o sabor do sonho. E através dos anos, por meio de outros amores, mais efetivos e longos, nenhuma sensação achou nunca igual à daquele domingo, na Rua da Lapa, quando ele tinha 15 anos. Ele mesmo exclama às vezes, sem saber que se engana:

– E foi um sonho! Um simples sonho!

SUJE-SE GORDO!

Uma noite, há muitos anos, passeava eu com um amigo no terraço do Teatro de São Pedro de Alcântara. Era entre o segundo e o terceiro ato da peça *A Sentença* ou o *Tribunal do Júri*. Só me ficou o título, e foi justamente o título que nos levou a falar da instituição e de um fato que nunca mais me esqueceu.

— Fui sempre contrário ao júri — disse-me aquele amigo — não pela instituição em si, que é liberal, mas porque me repugna condenar alguém, e por aquele preceito do Evangelho: "Não queirais julgar para que não sejais julgados". Não obstante, servi duas vezes. O tribunal era então no antigo Aljube, fim da Rua dos Ourives, princípio da Ladeira da Conceição.

Tal era o meu escrúpulo que, salvo dois, absolvi todos os réus. Com efeito, os crimes não me pareceram provados; um ou dois processos eram malfeitos. O primeiro réu que condenei era um moço limpo, acusado de haver furtado certa quantia, não grande, antes pequena, com falsificação de um papel. Não negou o fato, nem podia fazê-lo, contestou que lhe coubesse a iniciativa ou inspiração do crime. Alguém, que não citava, foi que lhe lembrou esse modo de acudir a uma necessidade urgente; mas Deus, que via os corações, daria ao criminoso verdadeiro o merecido castigo. Disse isso sem ênfase, triste, a palavra surda, os olhos mortos, com tal palidez que metia pena; o promotor público achou nessa mesma cor do gesto a confissão do crime. Ao contrário, o defensor mostrou que o abatimento e a palidez significavam a lástima da inocência caluniada.

Poucas vezes terei assistido a debate tão brilhante. O discurso do promotor foi curto, mas forte, indignado, com um tom que parecia ódio, e não era. A defesa, além do talento do advogado, tinha a circunstância de ser a estreia dele na tribuna. Parentes, colegas e amigos esperavam o primeiro discurso do rapaz, e não perderam na espera. O discurso foi admirável, e teria salvo o réu, se ele pudesse ser salvo, mas o crime metia-se pelos olhos dentro. O advogado morreu dois anos depois, em 1865. Quem sabe o que se perdeu nele! Eu, acredite, quando vejo morrer um moço de talento, sinto mais que quando morre um velho... Mas vamos ao que ia contando. Houve réplica do promotor e tréplica do defensor. O presidente do tribunal resumiu os debates, e, lidos os quesitos, foram entregues ao presidente do Conselho, que era eu.

Não digo o que se passou na sala secreta; além de ser secreto o que lá se passou, não interessa ao caso particular, que era melhor ficasse também calado, confesso. Contarei depressa; o terceiro ato não tarda.

Um dos jurados do Conselho, cheio de corpo e ruivo, parecia mais que ninguém convencido do delito e do delinquente. O processo foi examinado, os quesitos lidos e as respostas dadas (11 votos contra um); só o jurado ruivo estava inquieto. No fim, como os votos assegurassem a condenação, ficou satisfeito, disse que seria um ato de fraqueza, ou coisa pior, a absolvição que lhe déssemos. Um dos jurados, certamente o que votara pela negativa, proferiu algumas palavras de defesa do moço. O ruivo – chamava-se Lopes – replicou com aborrecimento:

– Como, senhor? Mas o crime do réu está mais que provado.

– Deixemos de debate – disse eu, e todos concordaram comigo.

– Não estou debatendo, estou defendendo o meu voto – continuou Lopes. – O crime está mais que provado. O sujeito nega, porque todo o réu nega, mas o certo é que ele cometeu a falsidade, e que falsidade! Tudo por uma miséria, 200 mil-réis! Suje-se gordo! Quer sujar-se? Suje-se gordo!

"Suje-se gordo!" – confesso-lhe que fiquei de boca aberta, não que entendesse a frase, ao contrário, nem a entendi nem a achei limpa, e foi por isso mesmo que fiquei de boca aberta. Afinal caminhei e bati à porta, abriram-nos, fui à mesa do juiz, dei as respostas do Conselho e o réu saiu condenado. O advogado apelou; se a sentença foi confirmada ou a apelação aceita, não sei; perdi o negócio de vista.

Quando saí do tribunal, vim pensando na frase do Lopes, e pareceu-me entendê-la. "Suje-se gordo!" era como se dissesse que o condenado era mais que ladrão, era um ladrão reles, um ladrão de nada. Achei esta explicação na esquina da Rua de São Pedro – vinha ainda pela dos Ourives. Cheguei a desandar um pouco, a ver se descobria o Lopes para lhe apertar a mão; nem sombra de Lopes. No dia seguinte, lendo nos jornais os nossos nomes, dei com o nome todo dele, não valia a pena procurá-lo, nem me ficou de cor. Assim são as páginas da vida, como dizia meu filho quando fazia versos, e acrescentava que as páginas vão passando umas sobre outras, esquecidas apenas lidas. Rimava assim, mas não me lembra a forma dos versos.

Em prosa disse-me ele, muito tempo depois, que eu não devia faltar ao júri, para o qual acabava de ser designado. Respondi-lhe que não compareceria, e citei o preceito evangélico; ele teimou, dizendo ser um dever de cidadão, um serviço gratuito, que ninguém que se prezasse podia negar ao seu país. Fui e julguei três processos.

Um destes era de um empregado do Banco do Trabalho Honrado, o caixa, acusado de um desvio de dinheiro. Ouvira falar no caso, que os jornais deram sem grande minúcia, e, aliás, eu lia pouco as notícias de crimes. O acusado apareceu e foi sentar-se no famoso banco dos réus. Era um homem magro e ruivo. Fitei-o bem, e estremeci, pareceu-me ver o meu colega daquele julgamento de anos antes. Não poderia reconhecê-lo logo por estar agora magro, mas era a mesma cor dos cabelos e das barbas, o mesmo ar, e por fim a mesma voz e o mesmo nome: Lopes.

— Como se chama? — perguntou o presidente.

— Antônio do Carmo Ribeiro Lopes.

Já me não lembravam os três primeiros nomes, o quarto era o mesmo, e os outros sinais vieram confirmando as reminiscências; não me tardou reconhecer a pessoa exata daquele dia remoto. Digo-lhe aqui com verdade que todas essas circunstâncias me impediram de acompanhar atentamente o interrogatório, e muitas coisas me escaparam. Quando me dispus a ouvi-lo bem, estava quase no fim. Lopes negava com firmeza tudo o que lhe era perguntado, ou respondia de maneira que trazia uma complicação ao processo. Circulava os olhos sem medo nem ansiedade; não sei até se com uma pontinha de riso nos cantos da boca.

Seguiu-se a leitura do processo. Era uma falsidade e um desvio de cento e dez contos de réis. Não lhe digo como se descobriu o crime nem o criminoso, por já ser tarde; a orquestra está afinando os instrumentos. O que lhe digo com certeza é que a leitura dos autos me impressionou muito, o inquérito, os documentos, a tentativa de fuga do caixa e uma série de circunstâncias agravantes, por fim o depoimento das testemunhas. Eu ouvia ler ou falar e olhava para o Lopes. Também ele ouvia, mas com o rosto alto, mirando o escrivão, o presidente, o teto e as pessoas que o iam julgar; entre elas eu.

Quando olhou para mim não me reconheceu; fitou-me algum tempo e sorriu, como fazia aos outros.

Todos esses gestos do homem serviram à acusação e à defesa, tal como serviram, tempos antes, os gestos contrários do outro acusado. O promotor achou neles a revelação clara do cinismo, o advogado mostrou que só a inocência e a certeza da absolvição podiam trazer aquela paz de espírito.

Enquanto os dois oradores falavam, vim pensando na fatalidade de estar ali, no mesmo banco do outro, este homem que votara a condenação dele, e naturalmente repeti comigo o texto evangélico: "Não queirais julgar, para que não sejais julgados". Confesso-lhe que mais de uma vez me senti frio. Não é que eu mesmo viesse a cometer algum desvio de dinheiro, mas podia, em ocasião de raiva, matar alguém ou ser caluniado de desfalque. Aquele que julgava outrora, era agora julgado também.

Ao pé da palavra bíblica lembrou-me de repente a do mesmo Lopes: "Suje-se gordo!" Não imagina o sacudimento que me deu esta lembrança. Evoquei tudo o que contei agora, o discursinho que lhe ouvi na sala secreta, até àquelas palavras: "Suje-se gordo!" Vi que não era um ladrão reles, um ladrão de nada, sim de grande valor. O verbo é que definia duramente a ação. "Suje-se gordo!" Queria dizer que o homem não se devia levar a um ato daquela espécie sem a grossura da soma. A ninguém cabia sujar-se por quatro patacas. Quer sujar-se? Suje-se gordo!

Ideias e palavras iam assim rolando na minha cabeça, sem eu dar pelo resumo dos debates que o presidente do tribunal fazia. Tinha acabado, leu os quesitos e recolhemo-nos à sala secreta. Posso dizer-lhe aqui em particular que votei afirmativamente, tão certo me pareceu o desvio dos cento e dez contos. Havia, entre outros documentos, uma carta de Lopes que fazia evidente o crime. Mas parece que nem todos leram com os mesmos olhos que eu. Votaram comigo dois jurados. Nove negaram a criminalidade do Lopes, a sentença de absolvição foi lavrada e lida, e o acusado saiu para a rua. A diferença da votação era tamanha que cheguei a duvidar comigo se teria acertado. Podia ser que não. Agora mesmo sinto uns repelões de consciência. Felizmente, se o Lopes não cometeu deveras o crime não recebeu a pena do meu voto, e esta consideração acaba por me consolar do erro, mas os repelões voltam. O melhor de tudo é não julgar ninguém para não vir a ser julgado. Suje-se gordo! Suje-se magro! Suje-se como lhe parecer! O mais seguro é não julgar ninguém... Acabou a música, vamos para as nossas cadeiras.

IDEIAS DO CANÁRIO

Um homem dado a estudos de ornitologia, por nome Macedo, referiu a alguns amigos um caso tão extraordinário que ninguém lhe deu crédito. Alguns chegam a supor que Macedo virou o juízo. Eis aqui o resumo da narração.

– No princípio do mês passado – disse ele –, indo por uma rua, sucedeu que um tílburi à disparada quase me atirou ao chão. Escapei saltando para dentro de uma loja de belchior. Nem o estrépito do cavalo e do veículo, nem a minha entrada fizeram levantar o dono do negócio, que cochilava ao fundo, sentado numa cadeira de abrir. Era um frangalho de homem, barba cor de palha suja, a cabeça enfiada em um gorro esfarrapado, que provavelmente não achara comprador. Não se adivinhava nele nenhuma história, como podiam ter alguns dos objetos que vendia, nem se lhe sentia a tristeza austera e desenganada das vidas que foram vidas.

A loja era escura, atulhada das coisas velhas, tortas, rotas, enxovalhadas, enferrujadas que de ordinário se acham em tais casas, tudo naquela meia desordem própria do negócio. Essa mistura, posto que banal, era interessante. Panelas sem tampa, tampas sem panela, botões, sapatos, fechaduras, uma saia preta, chapéus de palha e de pelo, caixilhos, binóculos, meias casacas, um florete, um cão empalhado, um par de chinelas, luvas, vasos sem nome, dragonas, uma bolsa de veludo, dois cabides, um bodoque, um termômetro, cadeiras, um retrato litografado pelo finado Sisson, um gamão, duas máscaras de arame para o carnaval que há de vir, tudo isso e o mais que não vi ou não me ficou de memória, enchia a loja nas imediações da porta, encostado, pendurado ou exposto em caixas de vidro, igualmente velhas. Lá para dentro, havia outras coisas mais e muitas, e do mesmo aspecto, dominando os objetos grandes, cômodas, cadeiras, camas, uns por cima dos outros, perdidos na escuridão.

Ia a sair, quando vi uma gaiola pendurada da porta. Tão velha como o resto, para ter o mesmo aspecto da desolação geral, faltava-lhe estar vazia. Não estava vazia. Dentro pulava um canário.

A cor, a animação e a graça do passarinho davam àquele amontoado de destroços uma nota de vida e de mocidade. Era o último passageiro de algum naufrágio, que ali foi parar íntegro e alegre como dantes. Logo que olhei para ele, entrou a saltar mais abaixo e acima, de poleiro em poleiro, como se quisesse dizer que no meio daquele cemitério brincava um raio de sol. Não atribuo essa imagem ao canário, senão porque falo a gente retórica; em verdade, ele não pensou em cemitério nem sol, segundo me disse depois. Eu, de envolta com o prazer que me trouxe aquela vista, senti-me indignado do destino do pássaro, e murmurei baixinho palavras de azedume.

– Quem seria o dono execrável deste bichinho, que teve ânimo de se desfazer dele por alguns pares de níqueis? Ou que mão indiferente, não querendo guardar esse companheiro de dono defunto, o deu de graça a algum pequeno, que o vendeu para ir jogar uma quiniela?

E o canário, quedando-se em cima do poleiro, trilou isto:

– Quem quer que sejas tu, certamente não estás em teu juízo. Não tive dono execrável, nem fui dado a nenhum menino que me vendesse. São imaginações de pessoa doente; vai-te curar, amigo.

– Como – interrompi eu, sem ter tempo de ficar espantado. – Então o teu dono não te vendeu a esta casa? Não foi a miséria ou a ociosidade que te trouxe a este cemitério, como um raio de sol?

– Não sei que seja sol nem cemitério. Se os canários que tens visto usam do primeiro desses nomes, tanto melhor, porque é bonito, mas estou vendo que confundes.

– Perdão, mas tu não vieste para aqui à toa, sem ninguém, salvo se o teu dono foi sempre aquele homem que ali está sentado.

– Que dono? Esse homem que aí está é meu criado, dá-me água e comida todos os dias, com tal regularidade que eu, se devesse pagar-lhe os serviços, não seria com pouco; mas os canários não pagam criados. Em verdade, se o mundo é propriedade dos canários, seria extravagante que eles pagassem o que está no mundo.

Pasmado das respostas, não sabia que mais admirar, se a linguagem, se as ideias. A linguagem, posto me entrasse pelo ouvido como de gente, saía do bicho em trilos engraçados. Olhei em volta de mim, para verificar se estava acordado; a rua era a mesma, a loja era a mesma loja escura, triste e úmida. O canário, movendo a um lado e outro, esperava que eu lhe falasse. Perguntei-lhe então se tinha saudades do espaço azul e infinito.

– Mas, caro homem – trilou o canário –, que quer dizer espaço azul e infinito?

– Mas, perdão, que pensas deste mundo? Que coisa é o mundo?

— O mundo — redarguiu o canário com certo ar de professor —, o mundo é uma loja de belchior, com uma pequena gaiola de taquara, quadrilonga, pendente de um prego; o canário é senhor da gaiola que habita e da loja que o cerca. Fora daí, tudo é ilusão e mentira.

Nisto acordou o velho, e veio a mim arrastando os pés. Perguntou-me se queria comprar o canário. Indaguei se o adquirira, como o resto dos objetos que vendia, e soube que sim, que o comprara a um barbeiro, acompanhado de uma coleção de navalhas.

— As navalhas estão em muito bom uso — concluiu ele.

— Quero só o canário.

Paguei-lhe o preço, mandei comprar uma gaiola vasta, circular, de madeira e arame, pintada de branco, e ordenei que a pusessem na varanda da minha casa, donde o passarinho podia ver o jardim, o repuxo e um pouco do céu azul.

Era meu intuito fazer um longo estudo do fenômeno, sem dizer nada a ninguém, até poder assombrar o século com a minha extraordinária descoberta. Comecei por alfabetar a língua do canário, por estudar-lhe a estrutura, as relações com a música, os sentimentos estéticos do bicho, as suas ideias e reminiscências. Feita essa análise filológica e psicológica, entrei propriamente na história dos canários, na origem deles, primeiros séculos, geologia e flora das ilhas Canárias, se ele tinha conhecimento da navegação, etc. Conversávamos longas horas, eu escrevendo as notas, ele esperando, saltando, trilando.

Não tendo mais família que dois criados, ordenava-lhes que não me interrompessem, ainda por motivo de alguma carta ou telegrama urgente, ou visita de importância. Sabendo ambos das minhas ocupações científicas, acharam natural a ordem, e não suspeitaram que o canário e eu nos entendíamos.

Não é mister dizer que dormia pouco, acordava duas e três vezes por noite, passeava à toa, sentia-me com febre. Afinal tornava ao trabalho, para reler, acrescentar, emendar. Retifiquei mais de uma observação ou por havê-la entendido mal, ou porque ele não a tivesse expresso claramente. A definição do mundo foi uma delas.

Três semanas depois da entrada do canário em minha casa, pedi-lhe que me repetisse a definição do mundo.

— O mundo — respondeu ele — é um jardim assaz largo com repuxo no meio, flores e arbustos, alguma grama, ar claro e um pouco de azul por cima;

o canário, dono do mundo, habita uma gaiola vasta, branca e circular, donde mira o resto. Tudo o mais é ilusão e mentira.

Também a linguagem sofreu algumas retificações, e certas conclusões, que me tinham parecido simples, vi que eram temerárias.

Não podia ainda escrever a memória que havia de mandar ao Museu Nacional, ao Instituto Histórico e às universidades alemãs, não porque faltasse matéria, mas para acumular primeiro todas as observações e ratificá-las. Nos últimos dias, não saía de casa, não respondia a cartas, não quis saber de amigos nem parentes. Todo eu era canário. De manhã, um dos criados tinha a seu cargo limpar a gaiola e pôr-lhe água e comida. O passarinho não lhe dizia nada, como se soubesse que a esse homem faltava qualquer preparo científico. Também o serviço era o mais sumário do mundo; o criado não era amador de pássaros.

Um sábado amanheci enfermo, a cabeça e a espinha doíam-me. O médico ordenou absoluto repouso; era excesso de estudo, não devia ler nem pensar, não devia saber sequer o que se passava na cidade e no mundo. Assim fiquei cinco dias; no sexto levantei-me, e só então soube que o canário, estando o criado a tratar dele, fugira da gaiola. O meu primeiro gesto foi para esganar o criado; a indignação sufocou-me, caí na cadeira, sem voz, tonto. O culpado defendeu-se, jurou que tivera cuidado, o passarinho é que fugira por astuto.

— Mas não o procuraram?

— Procuramos, sim, senhor; a princípio trepou ao telhado, trepei também, ele fugiu, foi para uma árvore, depois se escondeu não sei onde. Tenho indagado desde ontem, perguntei aos vizinhos, aos chacareiros, ninguém sabe nada.

Padeci muito; felizmente, a fadiga estava passada, e com algumas horas pude sair à varanda e ao jardim. Nem sombra de canário. Indaguei, corri, anunciei, e nada. Tinha já recolhido as notas para compor a memória, ainda que truncada e incompleta, quando me sucedeu visitar um amigo, que ocupa uma das mais belas e grandes chácaras dos arrabaldes. Passeávamos nela antes de jantar, quando ouvi trilar esta pergunta:

— Viva, senhor Macedo, por onde tem andado que desapareceu?

Era o canário; estava no galho de uma árvore. Imaginem como fiquei, e o que lhe disse. O meu amigo cuidou que eu estivesse doido; mas que me importavam cuidados de amigos?

Falei ao canário com ternura, pedi-lhe que viesse continuar a conversação, naquele nosso mundo composto de um jardim e repuxo, varanda e gaiola branca e circular.

– Que jardim? Que repuxo?

– O mundo, meu querido.

– Que mundo? Tu não perdes os maus costumes de professor. O mundo – concluiu solenemente – é um espaço infinito e azul, com o sol por cima.

Indignado, retorqui-lhe que, se eu lhe desse crédito, o mundo era tudo; até já fora uma loja de belchior...

– De belchior? Trilou ele às bandeiras despregadas. Mas há mesmo lojas de belchior?

PAI CONTRA MÃE

A escravidão levou consigo ofícios e aparelhos, como terá sucedido a outras instituições sociais. Não cito alguns aparelhos senão por se ligarem a certo ofício. Um deles era o ferro ao pescoço, outro o ferro ao pé; havia também a máscara de folha-de-flandres. A máscara fazia perder o vício da embriaguez aos escravos, por lhes tapar a boca. Tinha só três buracos, dois para ver, um para respirar, e era fechada atrás da cabeça por um cadeado. Com o vício de beber perdiam a tentação de furtar, porque geralmente era dos vinténs do senhor que eles tiravam com que matar a sede, e aí ficavam dois pecados extintos, e a sobriedade e a honestidade certas. Era grotesca tal máscara, mas a ordem social e humana nem sempre se alcança sem o grotesco, e alguma vez o cruel. Os funileiros as tinham penduradas, à venda, na porta das lojas. Mas não cuidemos de máscaras.

O ferro ao pescoço era aplicado aos escravos fujões. Imaginai uma coleira grossa, com a haste grossa também à direita ou à esquerda, até ao alto da cabeça e fechada atrás com chave. Pesava, naturalmente, mas era menos castigo que sinal. Escravo que fugia assim, onde quer que andasse, mostrava um reincidente, e com pouco era pegado.

Há meio século, os escravos fugiam com frequência. Eram muitos, e nem todos gostavam da escravidão. Sucedia ocasionalmente apanharem pancada, e nem todos gostavam de apanhar pancada. Grande parte era apenas repreendida; havia alguém de casa que servia de padrinho, e o mesmo dono não era mau; além disso, o sentimento da propriedade moderava a ação, porque dinheiro também dói. A fuga repetia-se, entretanto. Casos houve, ainda que raros, em que o escravo de contrabando, apenas comprado no Valongo, deitava a correr, sem conhecer as ruas da cidade. Dos que seguiam para casa, não raro, apenas ladinos, pediam ao senhor que lhes marcasse aluguel, e ia ganhá-lo fora, quitandando.

Quem perdia um escravo por fuga dava algum dinheiro a quem lho levasse. Punha anúncios nas folhas públicas, com os sinais do fugido, o nome, a roupa, o defeito físico, se o tinha, o bairro por onde andava e a quantia de gratificação. Quando não vinha a quantia, vinha promessa: "gratificar-se-á generosamente", ou "receberá uma boa gratificação". Muita vez o anúncio trazia em cima ou ao lado uma vinheta, figura de preto, descalço, correndo, vara ao ombro, e na ponta uma trouxa. Protestava-se com todo o rigor da lei contra quem o acoitasse.

Ora, pegar escravos fugidios era um ofício do tempo. Não seria nobre, mas por ser instrumento da força com que se mantêm a lei e a propriedade, trazia esta outra nobreza implícita das ações reivindicadoras. Ninguém se metia em tal ofício por desfastio ou estudo; a pobreza, a necessidade de uma achega, a inaptidão para outros trabalhos, o acaso, e alguma vez o gosto de servir também, ainda que por outra via, davam o impulso ao homem que se sentia bastante rijo para pôr ordem à desordem.

Cândido Neves – em família, Candinho – é a pessoa a quem se liga a história de uma fuga, cedeu à pobreza, quando adquiriu o ofício de pegar escravos fugidos. Tinha um defeito grave esse homem, não aguentava emprego nem ofício, carecia de estabilidade; é o que ele chamava caiporismo. Começou por querer aprender tipografia, mas viu cedo que era preciso algum tempo para compor bem, e ainda assim talvez não ganhasse o bastante; foi o que ele disse a si mesmo. O comércio chamou-lhe a atenção, era carreira boa. Com algum esforço entrou de caixeiro para um armarinho. A obrigação, porém, de atender e servir a todos feria-o na corda do orgulho, e ao cabo de cinco ou seis semanas estava na rua por sua vontade. Fiel de cartório, contínuo de uma repartição anexa ao Ministério do Império, carteiro e outros empregos foram deixados pouco depois de obtidos.

Quando veio a paixão da moça Clara, não tinha ele mais que dívidas, ainda que poucas, porque morava com um primo, entalhador de ofício. Depois de várias tentativas para obter emprego, resolveu adotar o ofício do primo, de que, aliás, já tomara algumas lições. Não lhe custou apanhar outras, mas, querendo aprender depressa, aprendeu mal. Não fazia obras finas nem complicadas, apenas garras para sofás e relevos comuns para cadeiras. Queria ter em que trabalhar quando casasse, e o casamento não se demorou muito.

Contava trinta anos. Clara vinte e dois. Ela era órfã, morava com uma tia, Mônica, e cosia com ela. Não cosia tanto que não namorasse o seu pouco, mas os namorados apenas queriam matar o tempo; não tinham outro empenho. Passavam às tardes, olhavam muito para ela, ela para eles, até que a noite a fazia recolher para a costura. O que ela notava é que nenhum deles lhe deixava saudades nem lhe acendia desejos. Talvez nem soubesse o nome de muitos. Queria casar, naturalmente. Era, como lhe dizia a tia, um pescar de caniço, a ver se o peixe pegava, mas o peixe passava de longe; algum que parasse, era só para andar à roda da isca, mirá-la, cheirá-la, deixá-la e ir a outras.

O amor traz sobrescritos. Quando a moça viu Cândido Neves, sentiu que era este o possível marido, o marido verdadeiro e único. O encontro deu-se em um baile; tal foi para lembrar o primeiro ofício do namorado – tal foi à página inicial daquele livro, que tinha de sair mal composto e pior brochado. O casamento fez-se onze meses depois, e foi a mais bela festa das relações dos noivos. Amigas de Clara, menos por amizade que por inveja, tentaram arredá-la do passo que ia dar. Não negavam a gentileza do noivo, nem o amor que lhe tinha, nem ainda algumas virtudes; diziam que era dado em demasia a patuscadas.

– Pois ainda bem – replicava a noiva. – Ao menos, não caso com defunto.

– Não, defunto não, mas é que...

Não diziam o que era. Tia Mônica, depois do casamento, na casa pobre onde eles se foram abrigar, falou-lhes uma vez nos filhos possíveis. Eles queriam um, um só, embora viesse agravar a necessidade.

– Vocês, se tiverem um filho, morrem de fome – disse a tia à sobrinha.

– Nossa Senhora nos dará de comer – acudiu Clara. Tia Mônica devia ter-lhes feito a advertência, ou ameaça, quando ele lhe foi pedir a mão da moça; mas também ela era amiga de patuscadas, e o casamento seria uma festa, como foi.

A alegria era comum aos três. O casal ria a propósito de tudo. Os mesmos nomes eram objetos de trocados, Clara, Neves, Cândido; não davam que comer, mas davam que rir, e o riso digeria-se sem esforço.

Ela cosia agora mais, ele saía a empreitadas de uma coisa e outra; não tinha emprego certo.

Nem por isso abriam mão do filho. O filho é que, não sabendo daquele desejo específico, deixava-se estar escondido na eternidade. Um dia, porém, deu sinal de si a criança; varão ou fêmea, era o fruto abençoado que viria trazer ao casal a suspirada ventura. Tia Mônica ficou desorientada, Cândido e Clara riram dos seus sustos.

– Deus nos há de ajudar, titia – insistia a futura mãe.

A notícia correu de vizinha a vizinha. Não houve mais que espreitar a aurora do dia grande. A esposa trabalhava agora com mais vontade, e assim era preciso, uma vez que, além das costuras pagas, tinha de ir fazendo com retalhos o enxoval da criança. À força de pensar nela, vivia já com ela, media-lhe fraldas, cosia-lhe camisas. A porção era escassa, os intervalos longos. Tia Mônica ajudava, é certo, ainda que de má vontade.

— Vocês verão a triste vida — suspirava ela.

— Mas as outras crianças não nascem também? — perguntou Clara.

— Nascem, e acham sempre alguma coisa certa que comer, ainda que pouco...

— Certa como?

— Certa, um emprego, um ofício, uma ocupação, mas em que é que o pai dessa infeliz criatura que aí vem gasta o tempo?

Cândido Neves, logo que soube daquela advertência, foi ter com a tia, não áspero, mas muito menos manso que de costume, e lhe perguntou se já algum dia deixara de comer.

— A senhora ainda não jejuou senão pela semana santa, e isso mesmo quando não quer jantar comigo. Nunca deixamos de ter o nosso bacalhau...

— Bem sei, mas somos três.

— Seremos quatro.

— Não é a mesma coisa.

— Que quer então que eu faça, além do que faço?

— Alguma coisa mais certa. Veja o marceneiro da esquina, o homem do armarinho, o tipógrafo que casou sábado, todos têm um emprego certo... Não fique zangado; não digo que você seja vadio, mas a ocupação que escolheu é vaga. Você passa semanas sem vintém.

— Sim, mas lá vem uma noite que compensa tudo, até de sobra. Deus não me abandona, e preto fugido sabe que comigo não brinca; quase nenhum resiste, muitos se entregam logo.

Tinha glória nisto, falava da esperança como de capital seguro. Daí a pouco ria, e fazia rir à tia, que era naturalmente alegre, e previa uma patuscada no batizado.

Cândido Neves perdera já o ofício de entalhador, como abrira mão de outros muitos, melhores ou piores. Pegar escravos fugidos trouxe-lhe um encanto novo. Não obrigava a estar longas horas sentado. Só exigia força, olho vivo, paciência, coragem e um pedaço de corda. Cândido Neves lia os anúncios, copiava-os, metia-os no bolso e saía às pesquisas. Tinha boa memória. Fixados os sinais e os costumes de um escravo fugido, gastava pouco tempo em achá-lo, segurá-lo, amarrá-lo e levá-lo. A força era muita, a agilidade também. Mais de uma vez, a uma esquina, conversando de coisas remotas, via passar um escravo como os outros, e descobria logo que ia fugido, quem era, o nome, o dono, a casa deste e a gratificação; interrompia a conversa e ia atrás do vicioso. Não o apanhava logo, espreitava lugar azado, e de um salto tinha a gratificação nas mãos. Nem sempre saía sem sangue, as unhas e os dentes do outro trabalhavam, mas geralmente ele os vencia sem o menor arranhão.

Um dia os lucros entraram a escassear. Os escravos fugidos não vinham já, como dantes, meter-se nas mãos de Cândido Neves. Havia mãos novas e hábeis. Como o negócio crescesse, mais de um desempregado pegou em si e numa corda, foi aos jornais, copiou anúncios e deitou-se à caçada. No próprio bairro havia mais de um competidor. Quer dizer que as dívidas de Cândido Neves começaram de subir, sem aqueles pagamentos prontos ou quase prontos dos primeiros tempos. A vida fez-se difícil e dura. Comia-se fiado e mal; comia-se tarde. O senhorio mandava pelos aluguéis.

Clara não tinha sequer tempo de remendar a roupa ao marido, tanta era a necessidade de coser para fora. Tia Mônica ajudava a sobrinha, naturalmente. Quando ele chegava à tarde, via-se-lhe pela cara que não trazia vintém. Jantava e saía outra vez, à cata de algum fugido. Já lhe sucedia, ainda que raro, enganar-se de pessoa, e pegar em escravo fiel que ia a serviço de seu senhor; tal era a cegueira da necessidade. Certa vez capturou um preto livre; desfez-se em desculpas, mas recebeu grande soma de murros que lhe deram os parentes do homem.

– É o que lhe faltava! – exclamou a tia Mônica, ao vê-lo entrar, e depois de ouvir narrar o equívoco e suas consequências. – Deixe-se disso, Candinho; procure outra vida, outro emprego.

Cândido quisera efetivamente fazer outra coisa, não pela razão do conselho, mas por simples gosto de trocar de ofício; seria um modo de mudar de pele ou de pessoa. O pior é que não achava à mão negócio que aprendesse depressa.

A natureza ia andando, o feto crescia, até fazer-se pesado à mãe, antes de nascer. Chegou o oitavo mês, mês de angústias e necessidades, menos ainda que o nono, cuja narração dispenso também. Melhor é dizer somente os seus efeitos. Não podiam ser mais amargos.

– Não, tia Mônica! – bradou Candinho, recusando um conselho que me custa escrever, quanto mais ao pai ouvi-lo. – Isso nunca!

Foi na última semana do derradeiro mês que a tia Mônica deu ao casal o conselho de levar a criança que nascesse à Roda dos enjeitados. Em verdade, não podia haver palavra mais dura de tolerar a dois jovens pais que espreitavam a criança, para beijá-la, guardá-la, vê-la rir, crescer, engordar, pular... Enjeitar quê? Enjeitar como? Candinho arregalou os olhos para a tia, e acabou dando um murro na mesa de jantar. A mesa, que era velha e desconjuntada, esteve quase a se desfazer inteiramente. Clara interveio.

– Titia não fala por mal, Candinho.

– Por mal? – replicou tia Mônica. – Por mal ou por bem, seja o que for, digo que é o melhor que vocês podem fazer. Vocês devem tudo; a carne e o feijão vão faltando. Se não aparecer algum dinheiro, como é que a família há de aumentar? E depois, há tempo; mais tarde, quando o senhor tiver a vida mais segura, os filhos que vierem serão recebidos com o mesmo cuidado que este ou maior. Este será bem criado, sem lhe faltar nada. Pois então a Roda é alguma praia ou monturo? Lá não se mata ninguém, ninguém morre à toa, enquanto que aqui é certo morrer, se viver à míngua. Enfim...

Tia Mônica terminou a frase com um gesto de ombros, deu as costas e foi meter-se na alcova. Tinha já insinuado aquela solução, mas era a primeira vez que o fazia com tal franqueza e calor – crueldade, se preferes. Clara estendeu a mão ao marido, como a amparar-lhe o ânimo; Cândido Neves fez uma careta, e chamou maluca à tia, em voz baixa. A ternura dos dois foi interrompida por alguém que batia à porta da rua.

– Quem é? – perguntou o marido.

– Sou eu.

Era o dono da casa, credor de três meses de aluguel, que vinha em pessoa ameaçar o inquilino. Este quis que ele entrasse.

– Não é preciso...

– Faça favor.

O credor entrou e recusou sentar-se, deitou os olhos à mobília para ver se daria algo à penhora; achou que pouco. Vinha receber os aluguéis vencidos, não podia esperar mais; se dentro de cinco dias não fosse pago, pô-lo-ia na rua. Não havia trabalhado para regalo dos outros. Ao vê-lo, ninguém diria que era proprietário; mas a palavra supria o que faltava ao gesto, e o pobre Cândido Neves preferiu calar a retorquir. Fez uma inclinação de promessa e súplica ao mesmo tempo. O dono da casa não cedeu mais.

– Cinco dias ou rua! – repetiu, metendo a mão no ferrolho da porta e saindo.

Candinho saiu por outro lado. Nesses lances não chegava nunca ao desespero, contava com algum empréstimo, não sabia como nem onde, mas contava. Demais, recorreu aos anúncios. Achou vários, alguns já velhos, mas em vão os buscava desde muito. Gastou algumas horas sem proveito, e tornou para casa. Ao fim de quatro dias, não achou recursos; lançou mão de empenhos, foi a pessoas amigas do proprietário, não alcançando mais que a ordem de mudança.

A situação era aguda. Não achavam casa, nem contavam com pessoa que lhes emprestasse alguma; era ir para a rua. Não contavam com a tia. Tia Mônica teve arte de alcançar aposento para os três em casa de uma senhora velha e rica, que lhe prometeu emprestar os quartos baixos da casa, ao fundo da cocheira, para os lados de um pátio. Teve ainda a arte maior de não dizer nada aos dois, para que Cândido Neves, no desespero da crise começasse por enjeitar o filho e acabasse alcançando algum meio seguro e regular de obter dinheiro; emendar a vida, em suma. Ouvia as queixas de Clara, sem as repetir, é certo, mas sem as consolar. No dia em que fossem obrigados a deixar a casa, fá-los-ia espantar com a notícia do obséquio e iriam dormir melhor do que cuidassem.

Assim sucedeu. Postos fora da casa, passaram ao aposento de favor, e dois dias depois nasceu a criança. A alegria do pai foi enorme, e a tristeza também. Tia Mônica insistiu em dar a criança à Roda. "Se você não a quer levar, deixe isso comigo; eu vou à Rua dos Barbonos." Cândido Neves pediu que não, que esperasse, que ele mesmo a levaria. Notai que era um menino, e que ambos os pais desejavam justamente este sexo. Mal lhe deram algum leite; mas, como chovesse à noite, assentou o pai levá-lo à Roda na noite seguinte.

Naquela reviu todas as suas notas de escravos fugidos. As gratificações pela maior parte eram promessas; algumas traziam a soma escrita e escassa. Uma, porém, subia a cem mil-réis. Tratava-se de uma mulata; vinham indicações de gesto e de vestido. Cândido Neves andara a pesquisá-la sem melhor fortuna, e abrira mão do negócio; imaginou que algum amante da escrava a houvesse recolhido. Agora, porém, a vista nova da quantia e a necessidade dela animaram Cândido Neves a fazer um grande esforço derradeiro. Saiu de manhã a ver e indagar pela Rua e Largo da Carioca, Rua do Parto e da Ajuda, onde ela parecia andar, segundo o anúncio. Não a achou, apenas um farmacêutico da Rua da Ajuda se lembrava de ter vendido uma onça de qualquer droga, três dias antes, à pessoa que tinha os sinais indicados. Cândido Neves parecia falar como dono da escrava, e agradeceu cortesmente a notícia. Não foi mais feliz com outros fugidos de gratificação incerta ou barata.

Voltou para a triste casa que lhe haviam emprestado. Tia Mônica arranjara de si mesma a dieta para a recente mãe, e tinha já o menino para ser levado à Roda. O pai, não obstante o acordo feito, mal pôde esconder a dor do espetáculo. Não quis comer o que tia Mônica lhe guardara; não tinha fome, disse, e era verdade. Cogitou mil modos de ficar com o filho; nenhum prestava. Não podia esquecer o próprio albergue em que vivia. Consultou a mulher, que se mostrou resignada. Tia Mônica pintara-lhe a criação do menino; seria maior a miséria, podendo suceder que o filho achasse a morte sem recurso. Cândido Neves foi obrigado a cumprir a promessa; pediu à mulher que desse ao filho o resto do leite que ele beberia da mãe. Assim se fez; o pequeno adormeceu, o pai pegou dele, e saiu na direção da Rua dos Barbonos.

Que pensasse mais de uma vez em voltar para casa com ele, é certo; não menos certo é que o agasalhava muito, que o beijava, que cobria o rosto para preservá-lo do sereno. Ao entrar na Rua da Guarda Velha, Cândido Neves começou a afrouxar o passo.

– Hei de entregá-lo o mais tarde que puder – murmurou ele. Mas não sendo a rua infinita ou sequer longa, viria a acabá-la; foi então que lhe ocorreu entrar por um dos becos que ligavam aquela à Rua da Ajuda. Chegou ao fim do beco e, indo a dobrar à direita, na direção do Largo da Ajuda, viu do lado oposto um vulto de mulher; era a mulata fugida. Não dou aqui a comoção de Cândido Neves por não podê-lo fazer com a intensidade real. Um adjetivo basta; digamos enorme. Descendo a mulher, desceu ele também; a poucos passos estava a farmácia onde obtivera a informação, que referi acima. Entrou, achou o farmacêutico, pediu-lhe a fineza de guardar a criança por um instante; viria buscá-la sem falta.

– Mas...

Cândido Neves não lhe deu tempo de dizer nada; saiu rápido, atravessou a rua, até ao ponto em que pudesse pegar a mulher sem dar alarma. No extremo da rua, quando ela ia a descer a de São José, Cândido Neves aproximou-se dela. Era a mesma, era a mulata fujona.

– Arminda! – bradou, conforme a nomeava o anúncio.

Arminda voltou-se sem cuidar malícia. Foi só quando ele, tendo tirado o pedaço de corda da algibeira, pegou dos braços da escrava, que ela compreendeu e quis fugir. Era já impossível. Cândido Neves, com as mãos robustas, atava-lhe os pulsos e dizia que andasse. A escrava quis gritar, parece que chegou a soltar alguma voz mais alta que de costume, mas entendeu logo que ninguém viria libertá-la, ao contrário. Pediu então que a soltasse pelo amor de Deus.

— Estou grávida, meu senhor! — exclamou. — Se Vossa Senhoria tem algum filho, peço-lhe por amor dele que me solte; eu serei tua escrava, vou servi-lo pelo tempo que quiser. Solte-me, meu senhor moço!

— Siga! — repetiu Cândido Neves.

— Me solte!

— Não quero demoras; siga!

Houve aqui luta, porque a escrava, gemendo, arrastava-se a si e ao filho. Quem passava ou estava à porta de uma loja, compreendia o que era e naturalmente não acudia. Arminda ia alegando que o senhor era muito mau, e provavelmente a castigaria com açoites, coisa que, no estado em que ela estava, seria pior de sentir. Com certeza, ele lhe mandaria dar açoites.

— Você é que tem culpa. Quem lhe manda fazer filhos e fugir depois? — perguntou Cândido Neves.

Não estava em maré de riso, por causa do filho que lá ficara na farmácia, à espera dele. Também é certo que não costumava dizer grandes coisas. Foi arrastando a escrava pela Rua dos Ourives, em direção à da Alfândega, onde residia o senhor. Na esquina desta a luta cresceu; a escrava pôs os pés à parede, recuou com grande esforço, inutilmente. O que alcançou foi, apesar de ser a casa próxima, gastar mais tempo em lá chegar do que devera. Chegou, enfim, arrastada, desesperada, arquejando. Ainda ali se ajoelhou, mas em vão. O senhor estava em casa, acudiu ao chamado e ao rumor:

— Aqui está a fujona — disse Cândido Neves.

— É ela mesma.

— Meu senhor!

— Anda, entra...

Arminda caiu no corredor. Ali mesmo o senhor da escrava abriu a carteira e tirou os cem mil-réis de gratificação. Cândido Neves guardou as duas notas de cinquenta mil-réis, enquanto o senhor novamente dizia à escrava que entrasse. No chão, onde jazia, levada do medo e da dor, e após algum tempo de luta a escrava abortou.

O fruto de algum tempo entrou sem vida neste mundo, entre os gemidos da mãe e os gestos de desespero do dono. Cândido Neves viu todo esse espetáculo.

Não sabia que horas eram. Quaisquer que fossem, urgia correr à Rua da Ajuda, e foi o que ele fez sem querer conhecer as consequências do desastre.

Quando lá chegou, viu o farmacêutico sozinho, sem o filho que lhe entregara. Quis esganá-lo. Felizmente, o farmacêutico explicou tudo a tempo; o menino estava lá dentro com a família, e ambos entraram. O pai recebeu o filho com a mesma fúria com que pegara a escrava fujona de há pouco, fúria diversa, naturalmente, fúria de amor. Agradeceu depressa e mal, e saiu às carreiras, não para a Roda dos enjeitados, mas para a casa de empréstimo com o filho e os cem mil-réis de gratificação. Tia Mônica, ouvida a explicação, perdoou a volta do pequeno, uma vez que trazia os cem mil-réis. Disse, é verdade, algumas palavras duras contra a escrava, por causa do aborto, além da fuga. Cândido Neves, beijando o filho, entre lágrimas, verdadeiras, abençoava a fuga e não se lhe dava do aborto.

– Nem todas as crianças vingam – bateu-lhe o coração.

MISSA DO GALO

Nunca pude entender a conversação que tive com uma senhora, há muitos anos, contava eu dezessete, ela trinta. Era noite de Natal. Havendo ajustado com um vizinho irmos à Missa do Galo, preferi não dormir; combinei que eu iria acordá-lo à meia-noite.

A casa em que eu estava hospedado era a do escrivão Meneses, que fora casado, em primeiras núpcias, com uma de minhas primas. A segunda mulher, Conceição, e a mãe desta acolheram-me bem, quando vim de Mangaratiba para o Rio de Janeiro, meses antes, a estudar preparatórios. Vivia tranquilo, naquela casa assobradada da Rua do Senado, com os meus livros, poucas relações, alguns passeios. A família era pequena, o escrivão, a mulher, a sogra e duas escravas. Costumes velhos. Às dez horas da noite toda a gente estava nos quartos; às dez e meia a casa dormia. Nunca tinha ido ao teatro, e mais de uma vez, ouvindo dizer ao Meneses que ia ao teatro, pedi-lhe que me levasse consigo. Nessas ocasiões, a sogra fazia uma careta, e as escravas riam à socapa; ele não respondia, vestia-se, saía e só tornava na manhã seguinte. Mais tarde é que eu soube que o teatro era um eufemismo em ação. Meneses trazia amores com uma senhora, separada do marido, e dormia fora de casa uma vez por semana. Conceição padecera, a princípio, com a existência da comborça; mas, afinal, resignara-se, acostumara-se, e acabou achando que era muito direito.

Boa Conceição! Chamavam-lhe "a santa", e fazia jus ao título, tão facilmente suportava os esquecimentos do marido. Em verdade, era um temperamento moderado, sem extremos, nem grandes lágrimas, nem grandes risos. No capítulo de que trato, dava para maometana; aceitaria um harém, com as aparências salvas. Deus me perdoe, se a julgo mal. Tudo nela era atenuado e passivo. O próprio rosto era mediano, nem bonito nem feio. Era o que chamamos uma pessoa simpática. Não dizia mal de ninguém, perdoava tudo. Não sabia odiar, pode ser até que não soubesse amar.

Naquela noite de Natal foi o escrivão ao teatro. Era pelos anos de 1861 ou 1862. Eu já devia estar em Mangaratiba, em férias; mas fiquei até o Natal para ver a "Missa do Galo na Corte". A família recolheu-se à hora do costume; eu meti-me na sala da frente, vestido e pronto. Dali passaria ao corredor da entrada e sairia sem acordar ninguém. Tinha três chaves a porta; uma estava com o escrivão, eu levaria outra, a terceira ficava em casa.

— Mas, senhor Nogueira, que fará você todo esse tempo? – perguntou-me a mãe de Conceição.

— Leio, dona Inácia.

Tinha comigo um romance, *Os Três Mosqueteiros*, velha tradução, creio, do *Jornal do Comércio*. Sentei-me à mesa que havia no centro da sala e, à luz de um candeeiro de querosene, enquanto a casa dormia, trepei ainda uma vez ao cavalo magro de D'Artagnan e fui-me às aventuras. Dentro em pouco estava completamente ébrio de Dumas. Os minutos voavam, ao contrário do que costumam fazer, quando são de espera; ouvi bater onze horas, mas quase sem dar por elas, um acaso. Entretanto, um pequeno rumor que ouvi dentro veio acordar-me da leitura. Eram uns passos no corredor que ia da sala de visitas à de jantar; levantei a cabeça; logo depois vi assomar à porta da sala o vulto de Conceição.

— Ainda não foi? – perguntou ela.

— Não fui; parece que ainda não é meia-noite.

— Que paciência!

Conceição entrou na sala, arrastando as chinelinhas da alcova. Vestia um roupão branco, mal-apanhado na cintura. Sendo magra, tinha um ar de visão romântica, não disparatada com o meu livro de aventuras. Fechei o livro; ela foi sentar-se na cadeira que ficava defronte de mim, perto do canapé. Como eu lhe perguntasse se a havia acordado, sem querer, fazendo barulho, respondeu com presteza:

— Não! Qual! Acordei por acordar.

Fitei-a um pouco e duvidei da afirmativa. Os olhos não eram de pessoa que acabasse de dormir; pareciam não ter ainda pegado no sono. Essa observação, porém, que valeria alguma coisa em outro espírito, depressa a botei fora, sem advertir que talvez não dormisse justamente por minha causa, e mentisse para me não afligir ou aborrecer. Já disse que ela era boa, muito boa.

— Mas a hora já há de estar próxima – disse eu.

— Que paciência a sua de esperar acordado, enquanto o vizinho dorme! E esperar sozinho! Não tem medo de almas do outro mundo? Eu cuidei que se assustasse quando me viu.

— Quando ouvi os passos estranhei; mas a senhora apareceu logo.

– Que é que estava lendo? Não diga, já sei, é o romance dos *Mosqueteiros*.

– Justamente: é muito bonito.

– Gosta de romances?

– Gosto.

– Já leu *A Moreninha*?

– Do doutor Macedo? Tenho lá em Mangaratiba.

– Eu gosto muito de romances, mas leio pouco, por falta de tempo. Que romances é que você tem lido?

Comecei a dizer-lhe os nomes de alguns. Conceição ouvia-me com a cabeça reclinada no espaldar, enfiando os olhos por entre as pálpebras meio cerradas, sem os tirar de mim. De vez em quando passava a língua pelos beiços, para umedecê-los. Quando acabei de falar, não me disse nada; ficamos assim alguns segundos. Em seguida, vi-a endireitar a cabeça, cruzar os dedos e sobre eles pousar o queixo, tendo os cotovelos nos braços da cadeira, tudo sem desviar de mim os grandes olhos espertos.

"Talvez esteja aborrecida" – pensei eu.

E logo alto:

– Dona Conceição, creio que vão sendo horas, e eu...

– Não, não, ainda é cedo. Vi agora mesmo o relógio; são onze e meia. Tem tempo. Você, perdendo a noite, é capaz de não dormir de dia?

– Já tenho feito isso.

– Eu, não; perdendo uma noite, no outro dia estou que não posso, e, meia hora que seja, hei de passar pelo sono. Mas também estou ficando velha.

– Que velha o quê, dona Conceição?

Tal foi o calor da minha palavra que a fez sorrir. De costume tinha os gestos demorados e as atitudes tranquilas; agora, porém, ergueu-se rapidamente, passou para o outro lado da sala e deu alguns passos, entre a janela da rua e a porta do gabinete do marido. Assim, com o desalinho honesto que trazia, dava-me uma impressão singular. Magra embora, tinha não sei que balanço no andar, como quem lhe custa levar o corpo; essa feição nunca me pareceu tão distinta como naquela noite. Parava algumas vezes, examinando um trecho de cortina ou concertando a posição de algum objeto no aparador; afinal deteve-se, ante mim, com a mesa de permeio. Estreito era o círculo das suas ideias;

tornou ao espanto de me ver esperar acordado; eu repeti-lhe o que ela sabia, isto é, que nunca ouvira Missa do Galo na Corte, e não queria perdê-la.

— É a mesma missa da roça; todas as missas se parecem.

— Acredito; mas aqui há de haver mais luxo e mais gente também. Olhe, a semana santa na Corte é mais bonita que na roça. São João não digo, nem Santo Antônio...

Pouco a pouco, tinha-se inclinado; fincara os cotovelos no mármore da mesa e metera o rosto entre as mãos espalmadas. Não estando abotoadas, as mangas caíram naturalmente, e eu vi-lhe metade dos braços, muito claros, e menos magros do que se poderiam supor. A vista não era nova para mim, posto também não fosse comum; naquele momento, porém, a impressão que tive foi grande. As veias eram tão azuis que, apesar da pouca claridade, podia contá-las do meu lugar. A presença de Conceição espertara-me ainda mais que o livro. Continuei a dizer o que pensava das festas da roça e da cidade, e de outras coisas que me iam vindo à boca. Falava emendando os assuntos, sem saber por quê, variando deles ou tornando aos primeiros, e rindo para fazê-la sorrir e ver-lhe os dentes que luziam de brancos, todos iguaizinhos. Os olhos dela não eram bem negros, mas escuros; o nariz, seco e longo, um tantinho curvo, dava-lhe ao rosto um ar interrogativo. Quando eu alteava um pouco a voz, ela reprimia-me:

— Mais baixo! Mamãe pode acordar.

E não saía daquela posição, que me enchia de gosto, tão perto ficavam as nossas caras. Realmente, não era preciso falar alto para ser ouvido; cochichávamos os dois, eu mais que ela, porque falava mais; ela, às vezes, ficava séria, muito séria, com a testa um pouco franzida. Afinal, cansou; trocou de atitude e de lugar. Deu volta à mesa e veio sentar-se do meu lado, no canapé. Voltei-me, e pude ver, a furto, o bico das chinelas; mas foi só o tempo que ela gastou em sentar-se, o roupão era comprido e cobriu-as logo. Recordo-me que eram pretas. Conceição disse baixinho:

— Mamãe está longe, mas tem o sono muito leve; se acordasse agora, coitada, tão cedo não pegava no sono.

— Eu também sou assim.

— O quê? — perguntou ela inclinando o corpo para ouvir melhor.

Fui sentar-me na cadeira que ficava ao lado do canapé e repeti a palavra. Riu-se da coincidência; também ela tinha o sono leve; éramos três sonos leves.

— Há ocasiões em que sou como mamãe: acordando, custa-me dormir outra vez, rolo na cama, à toa, levanto-me, acendo a vela, passeio, torno a deitar-me, e nada.

— Foi o que lhe aconteceu hoje.

— Não, não – atalhou ela.

Não entendi a negativa; ela pode ser que também não a entendesse. Pegou das pontas do cinto e bateu com elas sobre os joelhos, isto é, o joelho direito, porque acabava de cruzar as pernas. Depois referiu uma história de sonhos, e afirmou-me que só tivera um pesadelo, em criança. Quis saber se eu os tinha. A conversa reatou-se assim lentamente, longamente, sem que eu desse pela hora nem pela missa. Quando eu acabava uma narração ou uma explicação, ela inventava outra pergunta ou outra matéria, e eu pegava novamente na palavra. De quando em quando, reprimia-me:

— Mais baixo, mais baixo...

Havia também umas pausas. Duas outras vezes, pareceu-me que a via dormir; mas os olhos, cerrados por um instante, abriam-se logo sem sono nem fadiga, como se ela os houvesse fechado para ver melhor. Uma dessas vezes creio que deu por mim embebido na sua pessoa, e lembra-me que os tornou a fechar, não sei se apressada ou vagarosamente. Há impressões dessa noite, que me aparecem truncadas ou confusas. Contradigo-me, atrapalho-me. Uma das que ainda tenho frescas é que, em certa ocasião, ela, que era apenas simpática, ficou linda, ficou lindíssima. Estava de pé, os braços cruzados; eu, em respeito a ela, quis levantar-me; não consentiu, pôs uma das mãos no meu ombro, e obrigou-me a estar sentado. Cuidei que ia dizer alguma coisa; mas estremeceu, como se tivesse um arrepio de frio, voltou as costas e foi sentar-se na cadeira, onde me achara lendo. Dali relanceou a vista pelo espelho, que ficava por cima do canapé, falou de duas gravuras que pendiam da parede.

— Estes quadros estão ficando velhos. Já pedi a Chiquinho para comprar outros.

Chiquinho era o marido. Os quadros falavam do principal negócio deste homem. Um representava "Cleópatra"; não me recordo o assunto do outro, mas eram mulheres. Vulgares ambos; naquele tempo não me pareciam feios.

— São bonitos – disse eu.

— Bonitos são; mas estão manchados. E depois francamente, eu preferia duas imagens, duas santas. Estas são mais próprias para sala de rapaz ou de barbeiro.

— De barbeiro? A senhora nunca foi à casa de barbeiro...

— Mas imagino que os fregueses, enquanto esperam, falam de moças e namoros, e naturalmente o dono da casa alegra a vista deles com figuras bonitas. Em casa de família é que não acho próprio. É o que eu penso; mas eu penso muita coisa assim esquisita. Seja o que for, não gosto dos quadros. Eu tenho uma Nossa Senhora da Conceição, minha madrinha, muito bonita; mas é de escultura, não se pode pôr na parede, nem eu quero. Está no meu oratório.

A ideia do oratório trouxe-me a da missa, lembrou-me que podia ser tarde e quis dizê-lo. Penso que cheguei a abrir a boca, mas logo a fechei para ouvir o que ela contava, com doçura, com graça, com tal moleza que trazia preguiça à minha alma e fazia esquecer a missa e a igreja. Falava das suas devoções de menina e moça. Em seguida referia umas anedotas de baile, uns casos de passeio, reminiscências de Paquetá, tudo de mistura, quase sem interrupção. Quando cansou do passado, falou do presente, dos negócios da casa, das canseiras de família, que lhe diziam ser muitas, antes de casar, mas não eram nada. Não me contou, mas eu sabia que casara aos vinte e sete anos.

Já agora não trocava de lugar, como a princípio, e quase não saíra da mesma atitude. Não tinha os grandes olhos compridos, e entrou a olhar à toa para as paredes.

— Precisamos mudar o papel da sala — disse daí a pouco, como se falasse consigo.

Concordei, para dizer alguma coisa, para sair da espécie de sono magnético, ou o que quer que era que me tolhia a língua e os sentidos. Queria e não queria acabar a conversação; fazia esforço para arredar os olhos dela, e arredava-os por um sentimento de respeito; mas a ideia de parecer que era aborrecimento, quando não era, levava-me os olhos outra vez para Conceição. A conversa ia morrendo. Na rua, o silêncio era completo.

Chegamos a ficar por algum tempo — não posso dizer quanto — inteiramente calados. O rumor único e escasso era um roer de camundongo no gabinete, que me acordou daquela espécie de sonolência; quis falar dele, mas não achei modo. Conceição parecia estar devaneando. Subitamente, ouvi uma pancada na janela, do lado de fora, e uma voz que bradava: "Missa do Galo! Missa do Galo!"

— Aí está o companheiro — disse ela levantando-se. — Tem graça; você é que ficou de ir acordá-lo, ele é que vem acordar você. Vá, que hão de ser horas; adeus.

— Já serão horas? — perguntei.

— Naturalmente.

— Missa do Galo! — repetiram de fora, batendo.

— Vá, vá, não se faça esperar. A culpa foi minha. Adeus; até amanhã.

E com o mesmo balanço do corpo, Conceição enfiou pelo corredor dentro, pisando mansinho. Saí à rua e achei o vizinho que esperava. Guiamos dali para a igreja. Durante a missa, a figura de Conceição interpôs-se mais de uma vez, entre mim e o padre; fique isto à conta dos meus dezessete anos. Na manhã seguinte, ao almoço, falei da Missa do Galo e da gente que estava na igreja sem excitar a curiosidade de Conceição. Durante o dia, achei-a como sempre, natural, benigna, sem nada que fizesse lembrar a conversação da véspera. Pelo Ano-Bom fui para Mangaratiba. Quando tornei ao Rio de Janeiro, em março, o escrivão tinha morrido de apoplexia. Conceição morava no Engenho Novo, mas nem a visitei nem a encontrei. Ouvi mais tarde que casara com o escrevente juramentado do marido.

CONTO DE ESCOLA

A escola era na Rua do Costa, um sobradinho de grade de pau. O ano era de 1840. Naquele dia – uma segunda-feira, do mês de maio – deixei-me estar alguns instantes na Rua da Princesa a ver onde iria brincar a manhã. Hesitava entre o morro de S. Diogo e o Campo de Sant'Ana, que não era então esse parque atual, construção de *gentleman*, mas um espaço rústico, mais ou menos infinito, alastrado de lavadeiras, capim e burros soltos. Morro ou campo? Tal era o problema. De repente disse comigo que o melhor era a escola. E guiei para a escola. Aqui vai a razão.

Na semana anterior tinha feito dois suetos, e, descoberto o caso, recebi o pagamento das mãos de meu pai, que me deu uma sova de vara de marmeleiro. As sovas de meu pai doíam por muito tempo. Era um velho empregado do Arsenal de Guerra, ríspido e intolerante. Sonhava para mim uma grande posição comercial, e tinha ânsia de me ver com os elementos mercantis, ler, escrever e contar, para me meter de caixeiro. Citava-me nomes de capitalistas que tinham começado ao balcão. Ora, foi a lembrança do último castigo que me levou naquela manhã para o colégio. Não era um menino de virtudes.

Subi a escada com cautela, para não ser ouvido do mestre, e cheguei a tempo; ele entrou na sala três ou quatro minutos depois. Entrou com o andar manso do costume, em chinelas de cordovão, com a jaqueta de brim lavada e desbotada, calça branca e tesa e grande colarinho caído. Chamava-se Policarpo e tinha perto de 50 anos ou mais. Uma vez sentado, extraiu da jaqueta a boceta de rapé e o lenço vermelho, pô-los na gaveta; depois relanceou os olhos pela sala. Os meninos, que se conservaram de pé durante a entrada dele, tornaram a sentar-se. Tudo estava em ordem; começaram os trabalhos.

– *Seu* Pilar, eu preciso falar com você – disse-me baixinho o filho do mestre.

Chamava-se Raimundo este pequeno, e era mole, aplicado, inteligência tarda. Raimundo gastava duas horas em reter aquilo que a outros levava apenas trinta ou cinquenta minutos; vencia com o tempo o que não podia fazer logo com o cérebro. Reunia a isso um grande medo ao pai. Era uma criança fina, pálida, cara doente; raramente estava alegre. Entrava na escola depois do pai e retirava-se antes. O mestre era mais severo com ele do que conosco.

– O que é que você quer?

– Logo – respondeu ele com voz trêmula.

Começou a lição de escrita. Custa-me dizer que eu era dos mais adiantados da escola; mas era. Não digo também que era dos mais inteligentes, por um escrúpulo fácil de entender e de excelente efeito no estilo, mas não tenho outra convicção. Note-se que não era pálido nem mofino: tinha boas cores e músculos de ferro. Na lição de escrita, por exemplo, acabava sempre antes de todos, mas deixava-me estar a recortar narizes no papel ou na tábua, ocupação sem nobreza nem espiritualidade, mas em todo caso ingênua. Naquele dia foi a mesma coisa; tão depressa acabei, como entrei a reproduzir o nariz do mestre, dando-lhe cinco ou seis atitudes diferentes, das quais recordo a interrogativa, a admirativa, a dubitativa e a cogitativa. Não lhes punha esses nomes, pobre estudante de primeiras letras que era; mas, instintivamente, dava-lhes essas expressões. Os outros foram acabando; não tive remédio senão acabar também, entregar a escrita, e voltar para o meu lugar.

Com franqueza, estava arrependido de ter vindo. Agora que ficava preso, ardia por andar lá fora, e recapitulava o campo e o morro, pensava nos outros meninos vadios, o Chico Telha, o Américo, o Carlos das Escadinhas, a fina flor do bairro e do gênero humano. Para cúmulo de desespero, vi através das vidraças da escola, no claro azul do céu, por cima do morro do Livramento, um papagaio de papel, alto e largo, preso de uma corda imensa, que bojava no ar, uma coisa soberba. E eu na escola, sentado, pernas unidas, com o livro de leitura e a gramática nos joelhos.

– Fui um bobo em vir – disse eu ao Raimundo.

– Não diga isso – murmurou ele.

Olhei para ele; estava mais pálido. Então lembrou-me outra vez que queria pedir-me alguma coisa, e perguntei-lhe o que era. Raimundo estremeceu de novo, e, rápido, disse-me que esperasse um pouco; era uma coisa particular.

– *Seu* Pilar... murmurou ele daí a alguns minutos.

– Que é?

– Você...

– Você quê?

Ele deitou os olhos ao pai, e depois a alguns outros meninos. Um destes, o Curvelo, olhava para ele, desconfiado, e o Raimundo, notando-me essa circunstância, pediu alguns minutos mais de espera. Confesso que começava a arder de curiosidade. Olhei para o Curvelo, e vi que parecia atento; podia ser uma simples curiosidade vaga, natural indiscrição; mas podia ser também alguma coisa entre eles. Esse Curvelo era um pouco levado do diabo. Tinha onze anos, era mais velho que nós.

Que me quereria o Raimundo? Continuei inquieto, remexendo-me muito, falando-lhe baixo, com instância, que me dissesse o que era, que ninguém cuidava dele nem de mim. Ou então, de tarde...

— De tarde, não — interrompeu-me ele. — Não pode ser de tarde.

— Então agora...

— Papai está olhando.

Na verdade, o mestre fitava-nos. Como era mais severo para o filho, buscava-o muitas vezes com os olhos, para trazê-lo mais aperreado. Mas nós também éramos finos; metemos o nariz no livro, e continuamos a ler. Afinal cansou e tomou as folhas do dia, três ou quatro, que ele lia devagar, mastigando as ideias e as paixões. Não esqueçam que estávamos então no fim da Regência, e que era grande a agitação pública. Policarpo tinha decerto algum partido, mas nunca pude averiguar esse ponto. O pior que ele podia ter, para nós, era a palmatória. E essa lá estava, pendurada do portal da janela, à direita, com os seus cinco olhos do diabo. Era só levantar a mão, despendurá-la e brandi-la, com a força do costume, que não era pouca. E daí, pode ser que alguma vez as paixões políticas dominassem nele a ponto de poupar-nos uma ou outra correção. Naquele dia, ao menos, pareceu-me que lia as folhas com muito interesse; levantava os olhos de quando em quando, ou tomava uma pitada, mas tornava logo aos jornais, e lia a valer.

No fim de algum tempo — dez ou doze minutos — Raimundo meteu a mão no bolso das calças e olhou para mim.

— Sabe o que tenho aqui?

— Não.

— Uma pratinha que mamãe me deu.

— Hoje?

— Não, no outro dia, quando fiz anos...

— Pratinha de verdade?

— De verdade.

Tirou-a vagarosamente, e mostrou-me de longe. Era uma moeda do tempo do rei, cuido que doze vinténs ou dois tostões, não me lembro; mas era uma moeda, e tal moeda que me fez pular o sangue no coração. Raimundo revolveu em mim o olhar pálido; depois perguntou-me se a queria para mim. Respondi-lhe que estava caçoando, mas ele jurou que não.

— Mas então você fica sem ela?

— Mamãe depois me arranja outra. Ela tem muitas que vovô lhe deixou, numa caixinha; algumas são de ouro. Você quer esta?

Minha resposta foi estender-lhe a mão disfarçadamente, depois de olhar para a mesa do mestre. Raimundo recuou a mão dele e deu à boca um gesto amarelo, que queria sorrir. Em seguida propôs-me um negócio, uma troca de serviços; ele me daria a moeda, eu lhe explicaria um ponto da lição de sintaxe. Não conseguira reter nada do livro, e estava com medo do pai. E concluía a proposta esfregando a pratinha nos joelhos...

Tive uma sensação esquisita. Não é que eu possuísse da virtude uma ideia antes própria de homem; não é também que não fosse fácil em empregar uma ou outra mentira de criança. Sabíamos ambos enganar ao mestre. A novidade estava nos termos da proposta, na troca de lição e dinheiro, compra franca, positiva, toma lá, dá cá; tal foi a causa da sensação. Fiquei a olhar para ele, à toa, sem poder dizer nada.

Compreende-se que o ponto da lição era difícil, e que o Raimundo, não o tendo aprendido, recorria a um meio que lhe pareceu útil para escapar ao castigo do pai. Se me tem pedido a coisa por favor, alcançá-la-ia do mesmo modo, como de outras vezes, mas parece que era lembrança das outras vezes, o medo de achar a minha vontade frouxa ou cansada, e não aprender como queria – e pode ser mesmo que em alguma ocasião lhe tivesse ensinado mal – parece que tal foi a causa da proposta. O pobre-diabo contava com o favor – mas queria assegurar-lhe a eficácia –, e daí recorreu à moeda que a mãe lhe dera e que ele guardava como relíquia ou brinquedo; pegou dela e veio esfregá-la nos joelhos, à minha vista, como uma tentação... Realmente, era bonita, fina, branca, muito branca; e para mim, que só trazia cobre no bolso, quando trazia alguma coisa, um cobre feio, grosso, azinhavrado...

Não queria recebê-la, e custava-me recusá-la. Olhei para o mestre, que continuava a ler, com tal interesse, que lhe pingava o rapé do nariz. – Ande, tome – dizia-me baixinho o filho. E a pratinha fuzilava-lhe entre os dedos, como se fora diamante... Em verdade, se o mestre não visse nada, que mal havia? E ele não podia ver nada, estava agarrado aos jornais, lendo com fogo, com indignação...

— Tome, tome...

Relancei os olhos pela sala, e dei com os do Curvelo em nós; disse ao Raimundo que esperasse. Pareceu-me que o outro nos observava, então dissimulei; mas daí a pouco deitei-lhe outra vez o olho, e – tanto se ilude a vontade! – não lhe vi mais nada. Então cobrei ânimo.

– Dê cá...

Raimundo deu-me a pratinha, sorrateiramente; eu meti-a na algibeira das calças, com um alvoroço que não posso definir. Cá estava ela comigo, pegadinha à perna. Restava prestar o serviço, ensinar a lição e não me demorei em fazê-lo, nem o fiz mal, ao menos conscientemente; passava-lhe a explicação em um retalho de papel que ele recebeu com cautela e cheio de atenção. Sentia-se que despendia um esforço cinco ou seis vezes maior para aprender um nada; mas contanto que ele escapasse ao castigo, tudo iria bem.

De repente, olhei para o Curvelo e estremeci; tinha os olhos em nós, com um riso que me pareceu mau. Disfarcei; mas daí a pouco, voltando-me outra vez para ele, achei-o do mesmo modo, com o mesmo ar, acrescendo que entrava a remexer-se no banco, impaciente. Sorri para ele e ele não sorriu; ao contrário, franziu a testa, o que lhe deu um aspecto ameaçador. O coração bateu-me muito.

– Precisamos muito cuidado – disse eu ao Raimundo.

– Diga-me isto só – murmurou ele.

Fiz-lhe sinal que se calasse; mas ele instava, e a moeda, cá no bolso, lembrava-me o contrato feito. Ensinei-lhe o que era, disfarçando muito; depois, tornei a olhar para o Curvelo, que me pareceu ainda mais inquieto, e o riso, dantes mau, estava agora pior. Não é preciso dizer que também eu ficara em brasas, ansioso que a aula acabasse; mas nem o relógio andava como das outras vezes, nem o mestre fazia caso da escola; este lia os jornais, artigo por artigo, pontuando-os com exclamações, com gestos de ombros, com uma ou duas pancadinhas na mesa. E lá fora, no céu azul, por cima do morro, o mesmo eterno papagaio, guinando a um lado e outro, como se me chamasse a ir ter com ele. Imaginei-me ali, com os livros e a pedra embaixo da mangueira, e a pratinha no bolso das calças, que eu não daria a ninguém, nem que me serrassem; guardá-la-ia em casa, dizendo a mamãe que a tinha achado na rua. Para que me não fugisse, ia-a apalpando, roçando-lhe os dedos pelo cunho, quase lendo pelo tato a inscrição, com uma grande vontade de espiá-la.

– Oh! *seu* Pilar! – bradou o mestre com voz de trovão.

Estremeci como se acordasse de um sonho, e levantei-me às pressas. Dei com o mestre, olhando para mim, cara fechada, jornais dispersos, e ao pé da mesa, em pé, o Curvelo. Pareceu-me adivinhar tudo.

– Venha cá! – bradou o mestre.

Fui e parei diante dele. Ele enterrou-me pela consciência dentro um par de olhos pontudos; depois chamou o filho. Toda a escola tinha parado; ninguém mais lia, ninguém fazia um só movimento. Eu, conquanto não tirasse os olhos do mestre, sentia no ar a curiosidade e o pavor de todos.

— Então o senhor recebe dinheiro para ensinar as lições aos outros? — disse-me o Policarpo.

— Eu...

— Dê cá a moeda que este seu colega lhe deu! — clamou.

Não obedeci logo, mas não pude negar nada. Continuei a tremer muito. Policarpo bradou de novo que lhe desse a moeda, e eu não resisti mais, meti a mão no bolso, vagarosamente, saquei-a e entreguei-lha. Ele examinou-a de um e outro lado, bufando de raiva; depois estendeu o braço e atirou-a à rua. E então disse-nos uma porção de coisas duras, que tanto o filho como eu acabávamos de praticar uma ação feia, indigna, baixa, uma vilania, e para emenda e exemplo íamos ser castigados. Aqui pegou da palmatória.

— Perdão, seu mestre... — solucei eu.

— Não há perdão! Dê cá a mão! Dê cá! Vamos! Sem-vergonha! Dê cá a mão!

— Mas, *seu* mestre...

— Olhe que é pior!

Estendi-lhe a mão direita, depois a esquerda, e fui recebendo os bolos uns por cima dos outros, até completar doze, que me deixaram as palmas vermelhas e inchadas. Chegou a vez do filho, e foi a mesma coisa; não lhe poupou nada, dois, quatro, oito, doze bolos. Acabou, pregou-nos outro sermão. Chamou-nos sem-vergonhas, desaforados, e jurou que se repetíssemos o negócio apanharíamos tal castigo que nos havia de lembrar para todo o sempre. E exclamava: Porcalhões! Tratantes! Faltos de brio!

Eu, por mim, tinha a cara no chão. Não ousava fitar ninguém, sentia todos os olhos em nós. Recolhi-me ao banco, soluçando, fustigado pelos impropérios do mestre. Na sala arquejava o terror; posso dizer que naquele dia ninguém faria igual negócio. Creio que o próprio Curvelo enfiara de medo. Não olhei logo para ele, cá dentro de mim jurava quebrar-lhe a cara, na rua, logo que saíssemos, tão certo como três e dois serem cinco.

Daí a algum tempo olhei para ele; ele também olhava para mim, mas desviou a cara, e penso que empalideceu. Compôs-se e entrou a ler em voz alta; estava com medo. Começou a variar de atitude, agitando-se à toa, coçando os joelhos, o nariz. Pode ser até que se arrependesse de nos ter denunciado; e na verdade, por que denunciar-nos? Em que é que lhe tirávamos alguma coisa?

— Tu me pagas! Tão duro como osso! – dizia eu comigo.

Veio a hora de sair, e saímos; ele foi adiante, apressado, e eu não queria brigar ali mesmo, na Rua do Costa, perto do colégio; havia de ser na Rua Larga de São Joaquim. Quando, porém, cheguei à esquina, já o não vi; provavelmente escondera-se em algum corredor ou loja; entrei numa botica, espiei em outras casas, perguntei por ele a algumas pessoas, ninguém me deu notícia. De tarde faltou à escola.

Em casa não contei nada, é claro; mas para explicar as mãos inchadas, menti a minha mãe, disse-lhe que não tinha sabido a lição. Dormi nessa noite, mandando ao diabo os dois meninos, tanto o da denúncia como o da moeda. E sonhei com a moeda; sonhei que, ao tornar à escola, no dia seguinte, dera com ela na rua, e a apanhara, sem medo nem escrúpulos...

De manhã, acordei cedo. A ideia de ir procurar a moeda fez-me vestir depressa. O dia estava esplêndido, um dia de maio, sol magnífico, ar brando, sem contar as calças novas que minha mãe me deu, por sinal que eram amarelas. Tudo isso, e a pratinha... Saí de casa, como se fosse trepar ao trono de Jerusalém. Piquei o passo para que ninguém chegasse antes de mim à escola; ainda assim não andei tão depressa que amarrotasse as calças. Não, que elas eram bonitas! Mirava-as, fugia aos encontros, ao lixo da rua...

Na rua encontrei uma companhia do batalhão de fuzileiros, tambor à frente, rufando. Não podia ouvir isto quieto. Os soldados vinham batendo o pé rápido, igual, direita, esquerda, ao som do rufo; vinham, passaram por mim, e foram andando. Eu senti uma comichão nos pés, e tive ímpeto de ir atrás deles. Já lhes disse: o dia estava lindo, e depois o tambor... Olhei para um e outro lado; afinal, não sei como foi, entrei a marchar também ao som do rufo, creio que cantarolando alguma coisa: *Rato na casaca*... Não fui à escola, acompanhei os fuzileiros, depois enfiei pela Saúde, e acabei a manhã na Praia da Gamboa. Voltei para casa com as calças enxovalhadas, sem pratinha no bolso nem ressentimento na alma. E contudo a pratinha era bonita e foram eles, Raimundo e Curvelo, que me deram o primeiro conhecimento, um da corrupção, outro da delação; mas o diabo do tambor...

Complemento de leitura

SOBRE O AUTOR

Joaquim Maria Machado de Assis nasceu no Rio de Janeiro, em 1839. Era filho de um mulato pintor de parede e uma lavadeira. Ficou órfão muito cedo, sendo criado pela madrasta Maria Inês. Sofria de epilepsia, gagueira e era muito tímido. Recebeu a primeira instrução na escola pública, sendo iniciado em francês e latim pelo padre Silveira Sarmento. A sua paixão por livros e leitura foi muito intensa durante toda a vida. Seu primeiro emprego foi como tipógrafo aprendiz, aos 16 anos, na Imprensa Nacional. Sua principal virtude foi o autodidatismo, não teve a oportunidade de realizar os estudos regulares, entretanto, sua ascensão profissional iniciou-se como revisor de textos, passando a colaborar com a revista *A Marmota*, onde compôs seus primeiros versos. Pouco tempo depois, foi admitido à redação do *Correio Mercantil*, onde pôde conviver com Casimiro de Abreu, Joaquim Manuel de Macedo, Manuel Antônio de Almeida, Pedro Luís e Quintino Bocaiuva.

Em 1860, passou a trabalhar no *Diário do Rio de Janeiro* fazendo resenhas dos debates do Senado Federal. No ano de 1864, publicou *Crisálidas* e algumas peças de teatro. Casou-se, em 1869, com Carolina Augusta Xavier de Novais, grande colaboradora em sua carreira literária. Em 1867, passou a trabalhar no *Diário Oficial*, transferindo-se, em 1874, para a Secretaria da Agricultura. A partir de sua consolidação na carreira burocrática, pôde iniciar sua vasta produção literária.

Ao lado de Joaquim Nabuco, fundou a Academia Brasileira de Letras. As suas produções literárias tiveram início com *Crisálidas*, em 1864, coletânea de poesias, a seguir surgem os *Contos fluminenses*, em 1870, *Ressurreição*, em 1872, *Histórias da meia-noite*, coletânea de contos, em 1873, *A mão e a luva*, em 1874, *Helena*, em 1876, *Iaiá Garcia*, em 1878. Com esta obra ocorre o fechamento do período romântico para dar início ao período realista; a nova fase machadiana só vem acontecer após três anos com *Memórias póstumas de Brás Cubas*, em 1881, *Papéis avulsos*, em 1882, *Histórias sem data*, em 1884, *Várias histórias*, em 1896, *Páginas recolhidas*, em 1899, coletânea de contos; *Quincas Borba*, em 1891, *Dom Casmurro*, em 1890, *Esaú e Jacó*, em 1904, *Relíquias da casa velha*, em 1906, *Memorial de Aires*, em 1908.

Após licença para tratamento de saúde, veio a falecer no dia 29 de setembro de 1908, em sua cidade natal. As obras literárias foram os seus legítimos filhos.

TEXTO E CONTEXTO

"É gênero difícil, a despeito da sua aparente facilidade, e creio que essa aparência lhe faz mal, afastando dele escritores, e não lhe dando, penso eu, o público toda a atenção de que ele é muitas vezes credor." Essa era a opinião de Machado de Assis sobre o gênero literário conto e, de fato, o autor não se iludiu pela aparente facilidade em escrevê-lo, mas buscou a exatidão daquilo que queria expressar.

Para alguns críticos da obra machadiana, as melhores páginas de seus romances são contos que se intercalam, ao passo que, para outros, os contos são ensaios que lançam situações e personagens que ele desenvolveria mais tarde nos seus romances.

Como em toda a sua obra, são muitas as perspectivas de leitura sobre os contos de Machado. Alguns veem neles um retrato histórico do Brasil, outros, uma breve explanação sobre as questões do espírito humano, além dos temas amorosos, sempre tratados com a mão sutil do escritor. Machado elegia o conto para tratar de temas ousados e colocar em ação personagens que adquiriam uma dimensão ainda pouco explorada na literatura. E você, o que viu nesta seleção de contos de Machado de Assis?

TOME NOTA

Diferentemente do que faz nos romances, Machado de Assis obedece, nos contos, aos princípios essenciais desse gênero: concisão, rapidez e unidade dramática. Quem os ler terá uma grande surpresa: os contos machadianos são tão magníficos quanto seus romances. Então, boa leitura!

QUESTÕES COMENTADAS

1. **(UPF-MG-2017) Considere as afirmações a seguir em relação aos *Contos definitivos*, de Machado de Assis:**

    I. Com exceção de "O alienista", que para alguns críticos é uma novela, os contos do livro subordinam-se às exigências próprias da narrativa curta, como a concisão e a unidade dramática.

    II. Os caracteres, a ação e o destino das diferentes personagens que figuram nos contos demonstram que Machado de Assis, assim como os demais prosadores realistas e naturalistas, crê que os seres humanos são mero produto das circunstâncias.

    III. Na composição de protagonistas femininas, nos contos "Missa do Galo" e "Uns braços", permanece sempre uma região obscura, um gesto difuso, um olhar ambíguo, que o autor não quer ou não consegue decifrar.

    Está correto apenas o que se afirma em:
    - **A** I e III.
    - **B** II e III.
    - **C** I.
    - **D** II.
    - **E** III.

    COMENTÁRIO: O determinismo de Hippolyte Taine, teoria que influenciou diretamente os romances naturalistas, estipula que o comportamento humano é condicionado pelo momento histórico e pelo meio social e geográfico em que se vive, bem como pela raça a que o sujeito pertence. Esses traços, no entanto, não se verificam na ficção machadiana, em que se retratam as contradições e a imprevisibilidade do comportamento humano, como se pode observar, por exemplo, em "A igreja do Diabo", quando os seguidores dessa entidade começam a, escondidos, realizar as mesmas práticas de que reclamavam quando eram proibidas por Deus. É incorreto, assim, o que se afirma em **II**. A alternativa **A** está correta.

CONTOS

2. **(UPF-MG-2016)** Machado de Assis já foi alvo de crítica pelo fato de, mesmo sendo mulato, não ter denunciado e combatido mais ativamente o regime escravagista em sua obra ficcional. Entretanto, o livro *Contos definitivos* apresenta narrativas que relativizam ou amenizam essa crítica, ao representarem diretamente os aspectos desumanos e brutais da escravidão. É esse o caso, especialmente, dos contos:

A "Missa do Galo" e "Uns braços".
B "O caso da vara" e "Pai contra mãe".
C "A cartomante" e "O espelho".
D "Noite de almirante" e "Teoria do medalhão".
E "Um homem célebre" e "O alienista".

COMENTÁRIO: Os contos que tematizam as atrocidades do regime escravagista são indicados em **B**. Em "O caso da vara", narra-se a história de Damião, que foge do seminário e vê na casa de Sinhá Rita, onde se escondia, os maus-tratos que ela cometia contra a escrava Lucrécia e torna-se, com o objetivo de que a Sinhá o ajude, conivente com a prática. No conto "Pai contra mãe", por sua vez, revela-se o dilema de Cândido, negro e capitão do mato, que, ao se deparar com uma escrava grávida que havia fugido, prende-a para que pudesse obter o dinheiro da recompensa e, assim, ter condições financeiras de ficar com o próprio filho. A personagem capturada sofre as consequências da tortura e, em virtude dela, perde o bebê. São outros os temas dos contos indicados nas demais alternativas.

3. **(UFSM-RS-2006)** O texto a seguir pertence a uma reportagem que aborda os motivos que levam certas pessoas a cometerem atos cruéis:

A maldade e a arte

Como entender o fascínio da história de Anakyn/Darth Vader? Para o diretor teatral e psicólogo social carioca Bernardo Jablonski, a chave está em nossos conflitos pessoais. "Histórias assim são projeções de desejos muito profundos. Na visão contemporânea da psicologia social, somos tanto bons como maus. Sou capaz de ajudar uma velhinha a atravessar a rua, mas se alguém molestar meu filho, eu mato. Sem querer diminuir as religiões, Deus e o diabo somos nós." A dualidade dos jedis é também a nossa.

(Revista *Galileu*, maio de 2005)

As personagens de Machado de Assis parecem se ajustar a essa visão do ser humano, pois, sem serem essencialmente más, podem, em determinadas circunstâncias, praticar atos violentos contra terceiros, violando-lhes a integridade física. Encaixam-se nesse perfil os protagonistas dos contos:

- **A** "Uns braços" e "A cartomante".
- **B** "O enfermeiro" e "Pai contra mãe".
- **C** "Missa do Galo" e "O enfermeiro".
- **D** "Pai contra mãe" e "Uns braços".
- **E** "O alienista" e "Missa do Galo".

COMENTÁRIO: A única alternativa em que ambos os contos possuem como protagonista alguém que, em virtude das circunstâncias, comete agressão física contra outrem é a **B**. Em "O enfermeiro", o narrador e personagem principal sofre tortura nas mãos do coronel Felisberto e, assim, decide assassiná-lo. O protagonista de "Pai contra a mãe", por sua vez, leva arrastada a escrava fugitiva que ele captura para ganhar a recompensa em dinheiro e, desse modo, poder manter o filho na família.

4. **(UFRGS-RS-2004) Leia os seguintes fragmentos, extraídos de contos de Machado de Assis:**

   1. *— Meus senhores, a ciência é coisa séria e merece ser tratada com seriedade. Não dou razão dos meus atos de alienista a ninguém, salvo aos mestres e a Deus. [...] Poderia convidar alguns de vós, em comissão dos outros, a vir ver comigo os loucos reclusos; mas não o faço, porque seria dar-vos razão do meu sistema, o que não farei a leigos, nem a rebeldes.*

      ("O alienista")

   2. *Mais tarde é que eu soube que o teatro era um eufemismo em ação. Meneses trazia amores com uma senhora, separada do marido, e dormia fora de casa uma vez por semana. Conceição padecera, a princípio, com a existência da comborça; mas, afinal, resignara-se, acostumara-se, e acabou achando que era muito direito.*

      ("Missa do Galo")

   3. *[...] quis sinceramente fugir, mas já não pôde. Rita, como uma serpente, foi-se acercando dele, envolveu-o todo, fez-lhe estalar os ossos num espasmo, e pingou-lhe veneno na boca. Ele ficou atordoado e subjugado. Vexame, sustos, remorsos, dese-*

jos, tudo sentiu de mistura; mas a batalha foi curta e a vitória delirante. Adeus, escrúpulos.

("A cartomante")

4. — *Nada menos de duas almas. Cada criatura humana traz duas almas consigo: uma que olha de dentro para fora, outra que olha de fora para dentro... Espantem-se à vontade; podem ficar de boca aberta, dar de ombros, tudo; não admito réplica. Se me replicarem, acabo o charuto e vou dormir.*

("O espelho")

5. *A obra, célere a princípio, afrouxou o andar. Pestana tinha altos e baixos. Ora achava-a incompleta, não lhe sentia a alma sacra, nem ideia, nem inspiração, nem método; ora elevava-se-lhe o coração e trabalhava com vigor. Oito meses, nove, dez, onze, e o Requiem não estava concluído. Redobrou de esforços; esqueceu lições e amizades. Tinha refeito muitas vezes a obra; mas agora queria concluía, fosse como fosse.*

("Um homem célebre")

Associe adequadamente as seis afirmações abaixo com os cinco fragmentos transcritos acima:

( ) o conto expressa a dificuldade em lidar com os conflitos provocados pela dualidade do ser humano e com as suas consequências na autoimagem.

( ) o conto mostra como a popularidade atingida não livra o artista da frustração por não conseguir realizar uma grande obra erudita.

( ) o conto revela, ao gosto da época, o adultério sem repercussões éticas, sem inquietações morais ou arrependimentos.

( ) o conto retrata as relações conjugais típicas de uma família patriarcal brasileira do século XIX.

( ) o conto desenvolve-se como uma sátira contundente ao cientificismo do século XIX.

( ) o conto é marcado pela ambiguidade, pois sugere o adultério da esposa, que de fato não ocorre.

A sequência correta de preenchimento dos parênteses, de cima para baixo, é:

- A) 5 – 4 – 3 – 2 – 1 – 3.
- B) 4 – 5 – 2 – 1 – 3 – 5.
- C) 3 – 4 – 2 – 1 – 5 – 4.
- D) 2 – 1 – 4 – 3 – 5 – 4.
- E) 4 – 5 – 3 – 2 – 1 – 2.

Comentário: O conto "O espelho" trata da oposição entre o reconhecimento social e a percepção que o indivíduo apresenta de si, dualidade presente na história contada por Jacobina, o protagonista. Ele, ao passar um período na casa da tia, recebe dela um espelho onde se admira com sua farda, mas, quando fica sozinho, sem o olhar do outro, não vê nitidamente sua própria imagem. O protagonista de "Um homem célebre", por sua vez, é um compositor de polcas, que, apesar de ter atingido a fama, não se sente realizado, pois gostaria de, na verdade, ser reconhecido por composições de música erudita. No terceiro excerto, de "A cartomante", há a descrição de uma cena entre Camilo e Rita, sua amante, e, como se percebe em "Adeus escrúpulos", o narrador revela ironicamente a falta de arrependimento do personagem. No caso de "Missa do Galo", é possível verificar a relação conjugal típica da época, pois Conceição, embora soubesse do adultério cometido pelo marido, se resigna diante dessa prática. A ambiguidade também marca o conto, uma vez que, ao longo dele, é sugerida a atração da mulher e pelo narrador, sobrinho do marido. Já em "O alienista", por fim, percebe-se claramente uma sátira ao cientificismo, representado pelo psiquiatra Simão Bacamarte que, em sua crença na ciência, interna a maioria da população de sua ccidade. A alternativa **E** está correta.

(Unifesp-SP-2017) Leia o trecho do conto "A igreja do Diabo", de Machado de Assis (1839-1908), para responder às questões de 5 a 7:

Uma vez na terra, o Diabo não perdeu um minuto. Deu-se pressa em enfiar a cogula[1] beneditina, como hábito de boa fama, e entrou a espalhar uma doutrina nova e extraordinária, com uma voz que reboava nas entranhas do século. Ele prometia aos seus discípulos e fiéis as delícias da terra, todas as glórias, os deleites mais íntimos. Confessava que era o Diabo; mas confessava-o para retificar a noção que os homens tinham dele e desmentir as histórias que a seu respeito contavam as velhas beatas.

— Sim, sou o Diabo, repetia ele; não o Diabo das noites sulfúreas, dos contos soníferos, terror das crianças, mas o Diabo verdadeiro e único, o próprio gênio da natureza, a que se deu aquele nome para arredá-lo do coração dos homens. Vede-me gentil e airoso. Sou o vosso verdadeiro pai. Vamos lá: tomai daquele nome, inventado para meu desdouro[2], fazei dele um troféu e um lábaro[3], e eu vos darei tudo, tudo, tudo, tudo, tudo, tudo...

Era assim que falava, a princípio, para excitar o entusiasmo, espertar os indiferentes, congregar, em suma, as multidões ao pé de si. E elas vieram; e logo que vieram, o Diabo passou a definir a doutrina. A doutrina era a que podia ser na boca de um espírito de negação. Isso quanto à substância, porque, acerca da forma, era umas vezes sutil, outras cínica e deslavada.

Clamava ele que as virtudes aceitas deviam ser substituídas por outras, que eram as naturais e legítimas. A soberba, a luxúria, a preguiça foram reabilitadas, e assim também a avareza, que declarou não ser mais do que a mãe da economia, com a diferença que a mãe era robusta, e a filha uma esgalgada[4]. A ira tinha a melhor defesa na existência de Homero; sem o furor de Aquiles, não haveria a Ilíada: "Musa, canta a cólera de Aquiles, filho de Peleu"... [...] Pela sua parte o Diabo prometia substituir a vinha do Senhor, expressão metafórica, pela vinha do Diabo, locução direta e verdadeira, pois não faltaria nunca aos seus com o fruto das mais belas cepas do mundo. Quanto à inveja, pregou friamente que era a virtude principal, origem de prosperidades infinitas; virtude preciosa, que chegava a suprir todas as outras, e ao próprio talento.

As turbas corriam atrás dele entusiasmadas. O Diabo incutia-lhes, a grandes golpes de eloquência, toda a nova ordem de coisas, trocando a noção delas, fazendo amar as perversas e detestar as sãs.

Nada mais curioso, por exemplo, do que a definição que ele dava da fraude. Chamava-lhe o braço esquerdo do homem; o braço direito era a força; e concluía: Muitos homens são canhotos, eis tudo. Ora, ele não exigia que todos fossem canhotos; não era exclusivista. Que uns fossem canhotos, outros destros; aceitava a todos, menos os que não fossem nada. A demonstração, porém, mais rigorosa e profunda, foi a da venalidade[5]. Um casuísta[6] do tempo chegou a confessar que era um monumento de lógica. A venalidade, disse o Diabo, era o exercício de um direito superior a todos os direitos. Se tu podes vender a tua casa, o teu boi, o teu sapato, o teu chapéu, coisas que são tuas por uma razão jurídica e legal, mas que, em todo caso, estão fora de ti, como é que não podes vender a tua opinião, o teu voto, a tua palavra, a tua fé, coisas que são mais do que tuas, porque são a tua própria consciência, isto é, tu mesmo? Negá-lo é cair no absurdo e no contraditório. Pois não há mulheres que vendem os cabelos? não pode um homem vender uma parte do seu sangue para transfundi-lo a outro homem anêmico? e o sangue e os cabelos, partes físicas, terão um privilégio que se nega ao caráter, à porção moral do homem? Demonstrando assim o princípio, o Diabo não se demorou em expor as vantagens de ordem temporal ou pecuniária; depois, mostrou ainda que, à vista do preconceito social, conviria dissimular o exercício de um direito tão legítimo, o que era exercer ao mesmo tempo a venalidade e a hipocrisia, isto é, merecer duplicadamente.

(*Contos: uma antologia*, 1998)

_____

1. *Cogula: espécie de túnica larga, sem mangas, usada por certos religiosos.*
2. *Desdouro: descrédito, desonra.*
3. *Lábaro: estandarte, bandeira.*
4. *Esgalgado: comprido e estreito.*
5. *Venalidade: condição ou qualidade do que pode ser vendido.*
6. *Casuísta: pessoa que pratica o casuísmo (argumento fundamentado em raciocínio enganador ou falso).*

5. Ele prometia aos seus discípulos e fiéis as delícias da terra, todas as glórias, os deleites mais íntimos. (1º parágrafo)

Tal promessa do Diabo constitui, sobretudo, uma inversão da seguinte máxima cristã:

A "Amai-vos uns aos outros."

B "Aquele que não tiver pecado, atire a primeira pedra."

C "Não façais da casa do meu Pai casa de comércio."

D "Meu reino não é deste mundo."

E "Se alguém te bater na face direita, oferece-lhe também a outra face."

COMENTÁRIO: Ao propor aos seus seguidores os prazeres terrenos e carnais, o diabo faz prevalecer o plano material sobre o espiritual, com o propósito de convencer as pessoas a adorá-lo. Ao fazê-lo, ele subverte, portanto, a máxima cristã "Meu reino não é deste mundo", alternativa **D**, que indica a superioridade do plano espiritual sobre o material.

6. Estão empregados em sentido figurado os termos destacados nos seguintes trechos:

A "*a que podia ser na boca de um espírito de negação*" (3º parágrafo) e "*sem o furor de Aquiles, não haveria a Ilíada*" (4º parágrafo).

B "*incutia-lhes, a grandes golpes de eloquência*" (5º parágrafo) e "*a definição que ele dava da fraude*" (6º parágrafo).

- **C** *"retificar a **noção** que os homens tinham dele"* (1º parágrafo) e *"congregar, em suma, as multidões ao **pé** de si"* (3º parágrafo).
- **D** *"Sou o vosso verdadeiro **pai**."* (2º parágrafo) e *"as **virtudes** aceitas deviam ser substituídas por outras"* (4º parágrafo)
- **E** *"uma voz que reboava nas **entranhas** do século"* (1º parágrafo) e *"a que se deu aquele nome para arredá-lo do **coração** dos homens"* (2º parágrafo).

COMENTÁRIO: Apenas a alternativa **E** apresenta dois vocábulos empregados no sentido conotativo. "Entranhas" e "coração", que, em linguagem denotativa, designam, respectivamente, as vísceras e um órgão interno do corpo humano, são, na passagem, metáforas para a origem dos séculos, no primeiro caso, e subjetividade, no segundo.

7. **No último parágrafo, o principal recurso retórico mobilizado pelo Diabo em sua argumentação a respeito da venalidade é:**
   - **A** a repetição.
   - **B** a interrogação.
   - **C** a citação.
   - **D** a hesitação.
   - **E** a periodização.

COMENTÁRIO: O recurso argumentativo que predomina no último parágrafo do excerto são as perguntas retóricas. Elas servem, no contexto, apenas para introduzir a linha de raciocínio, uma vez que não exigem qualquer resposta do interlocutor. A alternativa **B** está correta.

8. **(ITA-SP-2013) O conto *Missa do Galo*, de Machado de Assis, relata uma conversa do narrador, Sr. Nogueira, um jovem de 17 anos, com Conceição, de 30 anos, mulher do escrivão Meneses, um distante parente seu. O narrador, de Mangaratiba (RJ), hospedou-se durante alguns meses na casa de Meneses e Conceição, no Rio de Janeiro, a fim de estudar na capital. O foco do conto é a incompreensão do narrador sobre tal conversa com Conceição, momentos antes da Missa do Galo. O fragmento abaixo expressa um dos aspectos que contribuiu para a incompreensão do narrador.**

De costume tinha os gestos demorados e as atitudes tranquilas; agora, porém, erguia-se rapidamente, passou para o outro lado da sala e deu alguns passos, entre a janela da rua e a porta do gabinete do marido. Assim, com o desalinho honesto que trazia, dava-me uma impressão singular. Magra embora, tinha não sei que balanço no andar, como quem lhe custa levar o corpo; essa feição nunca me pareceu tão distinta como naquela noite. Parava algumas vezes, examinando um trecho da cortina ou consertando a posição de algum objeto no aparador; afinal deteve-se, ante mim, com a mesa de permeio. Estreito era o círculo das suas ideias; tornou ao espanto de me ver esperar acordado; eu repeti-lhe o que ela sabia, isto é, que nunca ouvira Missa do Galo na Corte, e não queria perdê-la.

Esse aspecto, recorrente no conto, refere-se:

A à movimentação de Conceição na sala.

B às razões da insônia de Conceição.

C ao acanhamento de Conceição.

D à conversa repetitiva de Conceição.

E aos sobressaltos de Conceição.

COMENTÁRIO: No trecho do conto "Missa do Galo", é evidente a inquietação da personagem Conceição. Esse estado se manifesta nos gestos abruptos dela e surpreende o narrador, como se pode perceber em "tinha os gestos demorados e as atitudes tranquilas; agora, porém, ergueu-se rapidamente". Essa movimentação se repete ao longo do conto, pois essa personagem se senta em diferentes lugares, e ora fica em pé, ora não. É correta, portanto, a alternativa **A**.

9. (UFRGS-RS-2005) Considere as afirmações abaixo, a respeito dos contos de Machado de Assis:

I. em "O alienista", diante da rebelião contra a Casa Verde, Bacamarte explica com paciência ao povo os seus métodos e os desígnios da ciência, encerrando a polêmica.

II. em "Conto de escola", o narrador, ao recordar o passado, contrasta a alegria das brincadeiras de rua com o castigo paterno e a opressão do ambiente escolar.

III. em "Um homem célebre", Pestana, já famoso por suas composições de sabor clássico, sonha em compor uma polca em homenagem aos liberais.

Quais estão corretas?

- (A) apenas I.
- (B) apenas II
- (C) apenas III
- (D) apenas I e III.
- (E) I, II e III.

COMENTÁRIO: Em "O alienista", foi por meio de Porfírio, que liderara a rebelião contra a Casa Verde, hospício dirigido pelo Dr. Simão de Bacamarte, que a revolta cessara, o que permite caracterizar como incorreta a primeira afirmativa. A imprecisão da terceira, por sua vez, reside no fato de Pestana, o personagem principal de "Um homem célebre", atingir a fama como compositor de polcas, e não por suas composições clássicas. Está correto, portanto, apenas o que se afirma em **II**, alternativa **B**. Isso porque se pode verificar em "Conto de escola" o contraste entre os momentos felizes da infância do narrador-protagonista Pilar e o medo do castigo paterno, razão de ele decidir ir à escola em vez de ficar brincando. É verificável na narrativa também a opressão do ambiente escolar, presente no episódio em que ele foi repreendido com a palmatória pelo professor Policarpo.

(Mackenzie-SP-2007) Texto I (para a questão 10):

Vou divulgar uma anedota, mas uma anedota no genuíno sentido do vocábulo, que o vulgo ampliou às historietas de pura invenção. Esta é verdadeira; podia citar algumas pessoas que a sabem tão bem como eu. Nem ela andou recôndita¹, senão por falta de um espírito repousado, que lhe achasse a filosofia. [...] Pela minha parte creio ter decifrado este caso de empréstimo; ides ver se me engano.

E, para começar, emendemos Sêneca². Cada dia, ao parecer daquele moralista, é, em si mesmo, uma vida singular; por outros termos, uma vida dentro da vida. Não digo que não, mas por que não acrescentou ele que muitas vezes uma só hora é a representação de uma vida inteira?

("O empréstimo", Machado de Assis)

1. Recôndita: ignorada, escondida.
2. Sêneca: filósofo latino; escreveu acerca de tendências morais.

10. Assinale a alternativa **CORRETA** sobre o fragmento, início do relato que trata de um empréstimo financeiro:

- (A) nessas linhas, o narrador busca convencer o leitor de que sua história, mesmo discutindo um fato muito conhecido, é digna de ser lida, visto que é tratada do modo como originalmente se conta uma anedota: com humor.

- (B) nessas linhas, o narrador anuncia que vai dar visibilidade a uma história banal por meio do uso das palavras em seu sentido mais genuíno, e convida o leitor (*ides ver se me engano*) a avaliar seu desempenho artístico, atitude típica dos narradores machadianos.

- (C) o trecho permite a seguinte leitura: o narrador entende que se espera de um escritor uma história imaginária, o que justificaria compreender a expressão *caso de empréstimo* como referindo-se não só ao assunto, como também à fonte onde ele buscou o episódio que vai relatar.

- (D) o trecho permite o seguinte entendimento: o narrador acredita ser o pensamento filosófico atividade a que se dedicam pessoas afastadas de suas preocupações profissionais rotineiras, condição em que se encontra ao iniciar o relato do específico caso que apresenta.

- (E) no trecho, o narrador expressa sua compreensão de que as pessoas mais simples gostam muito de histórias imaginárias, do que ele discorda, como o comprova sua disposição de contar um caso verdadeiramente ocorrido.

Comentário: Quando o narrador afirma que vai contar uma anedota verdadeira, "no genuíno sentido do vocábulo", não no que "o vulgo ampliou às historietas de pura invenção", infere-se que ele julga que o leitor espera do escritor uma narrativa ficcional. Por isso, ele defende que história a ser narrada é conhecida também por outras pessoas, de modo que ela a tomou por empréstimo. Assim, como o conto trata de um empréstimo de dinheiro, pode-se atribuir o duplo significado à expressão indicada em **C**.